文芸社セレクション

ほか、一名

北原 良

KITAHARA Ryo

文芸社

どうしてなのか解らないが、見たことも逢うことすらなかった十歳上の異母姉の存在を知ってはいたが、戸籍上の実父そして三歳上の実兄の記憶はない。というのも母は協議離婚の末オレの親権者となり、その翌年に再婚する。詰まりオレは、連れ児となるが、新しい父は初婚で父親違いの妹が誕生、それ以来実父の戸籍からオレの名は消えた。

戦後のどさくさを這いずり廻るようにして誰もが活きることに無我夢中、生いたちやらへったくりなど言っている場合ではなかった。本田立石、機械油の臭い漂う軒がつらなる町工場の一画から、人生とかいうちいさな扉が開かれ、四半世紀もとうの昔に過ぎ去った或る日、三多摩に居るとある市より一通の封書が届いた。

息子、娘も巣立ちやれやれ、家内と二人だけの細々とした暮らしむきのなかで、孫のことにうつつをぬかしている日々に、なんじゃこりゃ、である。

義父の亡き跡を継いだ工場も母の代で仕舞う。オレは元来機械油の臭いは性に合わなかったので、義務教育を終えるとさっさと家を出、高校大学は自分で働き、卆《で》た。

家内はオレの生い立ちを知らない。時代の背景のなかで、親が居たので生まれたただけで、そんなの恥ずべきことでもないし、見せびらかして活きるべきことでもなかった。

封書の宛て名に赤インクで、重要、と記してあり差出人は市・生活支援課、とある。で、大雑把なところ。

突然のお手紙を出させていただき申し訳ございません。貴方様の異母お姉様にあたります方が当市にお住まいでしたが、自宅にてお亡くなりになりました。生活支援課におきましては、身寄りのない方の葬祭につきまして、死亡地の市長が行う墓地埋葬法に基づき対応しているところですが、生活支援課におきましては、当市警察署より相談をいただき戸籍の調査を行いましたところ、貴方様の住所の確認ができたことからお手紙を出させていただきました。

現在私どもとしてはどうしても、親族である貴方様と連絡をとりたいと考えています。と、申しますには、お姉様は自宅でお亡くなりになった時に、約十万円の現金と三千五百万円の預金通帳を持っておられ、その遺留金にて葬祭費とお姉様がお住まいになられていた旧公団住宅のお引き払いは、公的賃貸住宅ですので葬祭費と合わせても百万円までかからないと考えられます。もし貴方様が同意いただけるようでしたら、葬祭の対応はすぐにできると思います。私どもも調整などお手伝いができると思います。お姉様の相続人は貴方様、ほか一名様ということになり、遺留金等々貴方様とほか一名様にお渡ししなくてはなりません、云々、である。

ふうん、なんじゃこりゃ、そのものでもなさそうなのは、どうでもよろし、そう捉えていた異母姉の存在を知っていたからである。相続ということから自覚のない血縁関係に巻き込まれるなんて、なんとしたことだろう。

とりあえず、役所にことの事情を語り実父或いは実兄の戸籍謄本を取り寄せることにするが、亡くなられた十歳上の姉の生涯そして生き様など、戸籍謄本から何らかの答えが得られるだろうと想われるからだ。それと相続人ほか一名とは、何者なのだろう。役所に尋ねたところで何らかの理由があるので、ほか一名、になっているのであり、教えてくれる筈がない。三千五百万円の遺留金、相手次第では揉め事の原因になるとでも考えたのだろうか。

「あなたにお姉さんが居たなんて、一言も話してくれなかったでしょ」

「お袋は知って居り話に聞いたことはある。けれどだな、オレだって一度も逢ったことはないし見たこともない。姉さんという女《ひと》もオレたち母子《おやこ》のこと、許せる存在ではなかったのではないかな」

男と女のこと、何時でも迷惑を被るのは子供のようだが、オレは怨みつらみを持たないようにしている。それが不倫でも屁倫であっても親が居なくては、オレの存在はなかった。すけべ、ちっきしょ、なんと想ってみてもどうすることもできないからせめて、寛大にはなろうとはしなかった。それでもほろほろと、同じ穴の狢、になるのが怖かった。

「わたしたち年金がありますので当面生活が困窮している訳でもありませんが、遺留金？　大変な額になりますね」

「死人に口なしと言うから、どのような性格でどのような日々を過ごしていたやら解らないが、結婚とかしていなかったのだろうか。時代の流れからして一人で生きるのは困難なときだから。見捨てられたのか見捨てたのか分からないがお袋も、オレを連れて再婚」

どさくさに紛れて、とか言う表現は余り好きではないが、活きることがまず第一。

「お姉さん、どうしてそうなったのかは理解できないけれども、初めから一人である筈がないでしょう」

実父の戸籍を取り寄せることができると、なんらかの手掛かりを摑めそうだが、今は皆目見当がつかない。

「もしかするとある程度、諍い抗う両親を目の当たりにして、父親というより男の後ろ姿を見てしまった。多感な年ごろの時に。そんなことからストイックな性格となり男縁に閉鎖的となったとも考えられるかな」

「普遍的ではないと想うわよ。どこの家庭にお父さんのことをいかがわしい男と見る子供たちがいるかしら」

三歳だかのころ、どうしてそのようなところを手を引かれて歩いていたのかは解らないが、勝鬨橋《かちどき》を渡っていて、おぼつかない足取りでついぞ躓きそうになると両方の手で、お袋のスカァトにしっかりとしがみついた。常日頃がそんな案配なので、二人だけが一番安心一番嬉しかったのに或る日唐突として、ギィガチャン、ギィガチャンとけたたましい音を発《た》てる家に連れて行かれると、機械油で汚れた臭いの小父《おじ》んが猫なで声で、今日から此処がボクちんのお家だからな、そう言うと歪んだ笑顔で寄り添われた。なのでいちがいに普遍的であるなしとは言えないが、そんなことに自己主張したり拘る積もりもない。相手がお他人様ならいざしらず、家内だった。異母姉が、その後どのような環境で育ったのかは不確かではあるが、オレと似たりよったりの生い立ちになったかの、気、もする。

「気高いかの自律心があり想うに一人でこつこつ真面目に生きてきた人、ではないかな」

「なんとはなしに、あなたと共通するところがございませんこと？　安月給で文句も言わず定年まで勤め上げ、大層な預金こそありませんけど子育てを終えて団地住まいなどしているところまでは、ね」

半ば虚仮にするかの言い種《くさ》に聞こえもするが、偶々そうなっただけのこと、人の生き方など否定も肯定もできやしないが、父親との血のつながりは否めない、良し悪しにかかわらず、死んでもついて廻る。その手始めが今更になって、相続とかいう遺留金の受け取りとなると、父親からのささやかしい償《つぐな》いなのか因縁か因果応報を感じさせる。

「どうしても解せないことがあるの、ほか一名、この方一体全体どなたなのかしら？」

「オレも、それが気になっていた」

姉さんが婚姻するしないに関《かか》わらず一人の子を授かっていたとすると、相続上詳細なことは解らないが、姉弟などおよびではない筈である。そりゃぁ遺留金とやらのこと、欲しくないと言うと嘘になるが、奪い合う程の額ではなかった。それればかりか業突く張りとかいう言葉の意味くらい自覚していた。ほか一名、その者の出方次第であるがその者たるや、もしかすると全く記憶にない三歳上の実兄であるとしたら、なんとしよう。何時のことなのかすっかりと忘れていたが、戸籍には実兄の名として記されているがお袋いわく、あいつの子なんかお前の外に生んだ覚えはないのさ。と、なんとも投げ遣りな一言だった。とすると実兄になってはいるが戸籍上のことだけで、実父が認知し出生届を出しているが、実母はオレの母ではないのなら異母兄となり、その兄の母親は戸籍上に存在しないこととなる。そのようなことは今迄もこれからもオレの人生に、どうでもよろしいこと、であるのに、異母姉の相続に関してなんとも面倒臭いこととなりそうである。その上名告《なの》る姓は実父と姉と同じであり、なのにオレは母親の再婚相手の姓である。厄介なことになりそうな予感がするが、なにしろ論より証拠である。ほか一名、の母親とは何者なのだろう、影の見えない不思議が出っ張るやら引っ込むやら見え隠れする。戸籍を取り寄せてみても、ほか一名、その母親の存在は判明しないだろうし、そのからくりは、ほか一名、が知っているとしか考えられない。

オレでさえちんぷんかんぷんになりそうなのに、家内には説明のしようがない。

「どうなるか解らないが、いずれにしても役所の者が中に入るので、なるべく穏やかしく要件が進行するよう願うしかないな」

「あなた一人で大丈夫かしら、難でしたら一緒に行ってあげようか、わたし」

「同じ父親の血が流れている。お袋の話によると父は現在の東京大学を卆《で》ているインテリなので、まさかゴロツキの仲間になどなっていないと想う。オレより三歳上ならば、そこいらの爺様みたいなものじゃないかな。とは言え、ちょいとおっかなびっくり、だがね」

「やだぁ、もぅ、心配になってしまうでしょう。でも役所の中でしょ、わたし、騒ぎにならないと信じてる」

家内の瞳は、降って湧いたような遺留金の話にぞっこんになっていた。

とある市の生活支援課の担当者に電話連絡をすると、ほか一名、の者からは今のところ沙汰はないが、オレの来庁する日時を文書にて知らせる、とのことだが、異母姉は亡くなられてからすでに三ヶ月近く冷凍保存の状態となって居《お》り、一日も早く楽にしてあげたい、役所の仕事としてより、人としての悲愴感に心を叩かれる想いがした。役所とかいうところはオレ的には、シビアなイメェジがあり好意的にはなれなかったが、人として一人一人の人間臭さには心打たれるものがあった。

区役所に行き数十年振りに、戸籍謄本なるものを取り寄せて欲しいとお願いしておいたものが漸く届いた。異母姉については新戸籍編制の為除籍、とあり所在地は死亡した団地となっていたが詳細は記載されて居ます。死亡届けも出されていなかった。真新しい発見は姉が除籍されたあくる年に父親が五十八歳で死亡していたこと、そして父方、姉の母方の分厚いかなの戸籍廃棄証明書があり、ほか一名、らしき者、とある市にて婚姻、新戸籍となって居り、しかも戸籍上の実兄であることになんらの変化はなかった。

　ふうん、であるが事実とは異なる、が、それを証明することができない。

「あらぁ、どうしたことでしょう、あなたには実のお兄さんがいらしたのですか??」

「そういうことになるが姉同様に、見たことも会ったこともない」

　としか、言いようがない。

「奇怪《おか》しな家系ですこと、普通では考えられないでしょう」

　現代社会の男とか、気に入らなければ役所での紙いっぺん一枚で安易そのものに別離に署名捺印。まさか戦後のどさくさに男と女の最先端みたいなことが為されていただなんて、とても考え難いことだ。また、当時どうしてそのように複雑なことになってしまったのかことの深層を理解できていなかったので適当なことを言えない。親の恥はオレの恥でもあるが、お袋の戯言《たわごと》であるかの一言を覚えていた。東大卒のエリィトで役所勤め、かなりの力があったようで同郷の誼《よしみ》もあり、すっかり信じていた、らしい。

「奇怪しな家系と言うが、オレの所為ではないぞ。強いていうなら戦争などしでかした奴らがいけないのかな」

「こんなをんなに誰がした、とか、流行歌がありましたわ。お姉さん、もしかして戦争だかのガラクタを背負い込んで、細々と生きてきたとしたら、気丈な女性ですね」

「うん、姉さんの母親は凄いぜ。九十歳で亡くなっている」

「するとお母さんのお世話をしながら頑張っていたことになりますね」

「うん、少しほっとしている。独りぼっちではなかった。お母さんが生き甲斐だったのかしらん」

「そうですね。それでお嫁に行けなかったのかしら、お婿さんに来てくれる方も居《い》なかったのかしら……可哀想」

「そうかぁ、ストイックな性格とかそういう問題ではなかったのか。自分のことを考えることより、お母さんとの二人三脚で歩くことがまず一番だったのか」

遺る瀬なくなる。面影を偲びたいのに偲びようがないからだ。

「もしかするとあなた、ほか一名、とかいう方も、わたしたちと同じ気持ちで居《お》られるのかしら」

老人性涙腺炎なのか不意にうるうる目で視入られる。女という生き者、どうしてこうも感情を昂ぶらせることが早いのだろう。

「解らない。想像のしようもない者だし、何を考えているのかも分からない。ただなんとなく、へらへらスマイルをしているような輩ではない、そんな気がするな」

　そう言って自分のどこかしらを見詰めていた。見えやしないが、なにか得体の知れないふらりふらりふらりするものが見え隠れ、そんな、気、がする。

「どのような顔をしてくるのかしら。あなたに似ていたりしていても別段不思議ではありませんわね」

「子供の時分なら外見的に共通するところが見えるらしいが、二十歳を過ぎると育った環境やお水、そして持って生まれた気性やなにかで外観は形成される、とか言う学者も居るらしい」

「あなたと同じように苦学で社会に出た方なのかしらね」

「解らない、来てくれるかどうかも、そして場合に依ると相続の放棄も考えられる」

「そうしたら、どうなるの？」

　懐疑心やらいろいろ、しがみついてくるような眼力を感じた。

「生活支援課の担当者に訊いてみないことには分からないが、オレだったら放棄など考えない。血縁者として供養をしてあげたいこともある」

　役所の者が、一日も早くお姉様を楽にしてあげたい、その言葉が脳裏をよぎる。心情的に欲得もさることながら、冷凍保存の状態にある姉を放置して置くことはできなかった。

「荼毘に付してあげるのでしょう。息子たちはともかく、わたしも手を合わせに行くべきなのかしら」

少々の戸惑いをちらつかせる。

「そういうことになるかな。会社の同僚の家族の葬祭に行ったときに、隣の荼毘の扉の前には何故か、僧侶も居らず火葬場の役人が一人と喪服の男が一人という寂寥きわまりない不思議な光景を目の当たりにしたことがあり、なんぞ理由《わけ》があるのだろうなくらいに見過ごしてきたが、まさかオレたちがそのような境遇に立たされるだなんて、夢々想わなかったが今後、そのようなこと、まさか、ではなくなりそうだ」

「そうかしら、ね」

信じられない、そんな眼差しと素《そ》振り。

「斯く斯くしかじかの理由にて親族と疎遠になっていたり、身寄りのない独居老人が約一千三百万都民のなかに、びっくりするくらいの人数で居るらしい。なにしろ東京というところ、全国での往き来のなかった隣村から出てきた者同士の吹き溜まりみたいなもので、とくに高齢者という人種、頑固に生きてきた者も多く友人知人は少ないので、どうしても孤立化するリスクがある。それと厄介なことは一人で生きてきた、そんな妙なプライドがある。口幅ったい言い種になるが姉さんもその類いになりそうで、オレたちの居住するこの団地にも居るかもしらん。プライバシィやら他の家の干渉しないとかの壁があるので、なるべく当たり障りのないように暮らしているが、分かったものではない」

「そうかなぁ、わたしの知る範囲ではそのような方、積まり想い当たりはないわよ」

そんなものだ、見せたくないものなど見せようとしない。根っからの往き来のない隣村からの出稼ぎ人たちの寄り集まり人たち、見えない壁たるやの柔軟性がありかなり、強固。勿論オレもそのうちの一人だろうが、見せたくもないことを見せびらかし、はためかすこともない。孤立、孤独死、どのような死に方をしても死ぬる時は一人、孤独死恐るるにあらず、でもある。

「いずれにしてもさりげなく穏やかに静かにね、やらなくてはならないことをしてあげたいが、子供たちにはとりあえずチャック、喋ることはないぞ」

「解って居ります。コロナ禍がいく分下火になってきていて、燥ぎたい浮かれたい気分もありますけどね」

「ころん、と喋り落とさぬように、しっかりとチャック」

「お彼岸前の十七日でしょ、朝何時ごろ出掛けられますか」

「初めて行くところなので戸惑うとは想うがね、家を出てから二時間もあればなんとかなるだろう、東京のうち、地《ぢ》つながりだからな」

何処へ行く、かしこへ行く、そのようなこと案外と念頭にない。ほか一名、と会わなくてはならないこと、そして遺体となっている異母姉と面会することの二件が心に重くのしかかっていて、このように塞ぎでぐちゃぐちゃに掻き乱されているオレを経験するのは七十歳近くにもなり、生まれて初めてのことである。生きている者死んでいる者、その両方の者が、見えそうで見えない、見えないようで見える朧ろの摩訶不思議があった。

三月十四日に東京の桜が開花、コロナ禍で長々と義務づけられていたかのマスクの着用も半ば個人の判断となり、上野公園のお花見も、よろし、となったようだが、オレら高齢者は感染すると重症化するリスクがあり、よろし、ではない。一度生を受け滅せぬもののあるべきか、であるが、コロナには感染したくない。死にたくない訳でもないのに、どうしても感染したくない。

電車賃、昼食代、予備費など貰う。ここ二、三年くらいになるか稼ぎがないので小遣いなるものなどなく、その都度、手を出す。

東京都内以外は郊外というらしいが、駅を出ると、農作物やら植木畑だかの多い片田舎、そんなイメェジの、市、を感じる。

　市役所の、それはそれは立派なビルの一階の受付にて尋ねると、生活支援課は、このビルの隣に有る建物とのこと、担当者は其処まで教えてくれなかったとか、ぶつぶつ想いながらうろうろしていると、背負い込んでいた心の荷の重さが何処《どこ》へやら、気が楽になる。

　お待ちして居りました、と、我が家の息子よりかなり若く感じる青年から、大きめなテェブルの有るこぢんまりした談話室に通された。するとその部下のような若者が一足遅れ分厚い書類を持ち仏頂面で入室、担当者の青年に、まだ見えません、とか、告げ口をするかのそぶりをする。

　腕時計を見ると指定時刻より十分オレの方が早かったので、ほか一名、に文句はない。

　間もなくすると事務員らしき女性に案内されて、チャコォルグレェのトレンチコォトを手に、地味なブレザァ、黒い徳利《とっくり》セェタァ・白髪混じりの薄毛が頭皮にへばりつくかの男が、見るからに神経質そうな眼差しで、じろり、何も言わずに入室すると、担当者に促されてオレの左に着席した。

　せわしなく左右に動く柱時計の振り子、待ち合わせ時間の丁度十時を指していた。

「本日は御多忙のところ私どもの申し出にようこそおいでいただき誠にありがとうございます。これから貴方がたの亡き異母姉さんの葬祭及び相続につきましての話し合いを行ないたいと想いますがその前に、自己紹介をしていただきたいのですが、私、担当の江口《えぐち》です」

「支援課、川久保《かわくぼ》」

若者、はにかむように、ぽとり、と零す。

生活支援課という部署、人生経験豊富なる方々が仕切っているところと考えていたが、想定外だった。

ほか一名、が、そろりと立ち上がる。

「初めまして、菊田《きくた》です、よろしく」

細い声が尖った感じに聞こえて、小さな談話室の殺風景な天井やら壁にひびき、腰を下ろそうとした際、首を傾げるようにして見上げていたオレと目線を合わせてしまう。そして、どうしてなのか分からないがお互いに、なにもかもすべて解り合おうとする暗黙の了解を読める、おとなしい目の色を感じ合った。そんな気がした。

「田部井《たべい》です。苗字は違うが菊田さんとは兄弟になります。理由は役所の方は御存知でしょうから、説明いたしません」

そう言って僅かながら不本意を感じなくてはならなかったのは、あいつの子を生んだのはお前のほかに誰一人居《い》やしない、そう吐き捨てたお袋の言葉が心のどこかしらに疼くように偲ばれた。

「まず初めに私ども生活支援課といたしまして、あなた方お二人が自動的に相続人となられて、そのことを承認なされて下さるか否かをお伺いいたしたいところです。如何でございましょう」

ほか一名、多分、菊田への通知書にオレのことをそう知らされていただろうから、ほか一名同士が、ちらり、と見詰め合うこととなるが何故か、担当者の言動に否定的ではない、そんな気の遣り取りが、ちらり、のなかに為されていたから朧ろがあった。

「全くもって唐突な質問ですので、即答しかねるとお考えでしたら、小さな疑問やらざっくばらんに気持ちを説明していただけると、さいわいです」

するとまた、ほか一名、が瞬時の見詰め合いをする。どうする、とか、照れ臭くて言葉にならない音波が、なんとなく行ったり来たりするかのあやふやがあった。

「私どもといたしましてはまず、あなた方お二人のお姉様が随分と長時間にわたり不自然な形で保存されて居ることに哀愁を禁じ得ないところです。一日一刻も早く楽にしてあげたいと、そのような想いで一杯です。あなた方お二人が御遺体の引き受けを承諾していただけるのを願うばかりなのです」

如何なものでしょう、そう問い掛けて応えのない空間から、生活支援課の担当者である一個人が人として、ものの哀れに切羽詰まっていると、感じさせられた。重い沈黙がのしかかっていた。引き下がることのできそうのない鋒先が目前にまで押し寄せていた。

「解りました」

オレそして、ほか一名が揃って異口同音、殆ど同時に発声して見詰め合うと即座に、視線を逸らしていたのは、どうしてなのか分からないが、確かなことは、担当者の意見にさりげなく同意していたようだ。

「ありがとう、ございます」

担当者はこころなしか声を潜めて応じたのは、役目柄とは言え感情の起伏を表沙汰にしないで絶えず冷静さを保持しようとする仕来たりみたいなもののなかで、ふと安堵を感じたのだろう。

担当者の指図で若者が、なんとも突っ慳貪な仕種にて、プリントしてある書類を一枚ずつ二通をテェブルの上に置いた。

死体検案書
　氏名、菊田たみ子　八十歳
　死亡したところ　自宅、団地
　死亡の原因　循環器不全
　　　　慢性腎不全、約十三年

遺留品目録
現金　十万二千二百九円
預金通帳額面　三千五百万八千円
キャッシュカァド　一枚
自動車、グレェ　日産マーチ
車検証　一類
身体障害者手帳　東京都発行
カァド　診察券一、ポイントカァド二
小銭入れ　赤色、花柄
キィケェス　オレンジ色

家の鍵　二本

受領書

菊田たみ子の相続人として右記の遺体及び所持金を受領いたしました

死亡者との続柄

住所氏名　印

住所氏名　印

市長殿

で、ある。

「印鑑をお持ちしてくださるようお願いしてあります。御足労ですが署名捺印をおねがいいたします」

若者が再度、無愛想な態度で朱肉の容器をけだるそうに置いた。

「車を運転していたのでしょうか、遺留品の項目に免許証がありません」

姉の存在は解っていたが、なにしろ見たことも逢うこともなかった。免許証を見れば顔写真を見ることができると考えて発言した。すると若者が、小さな段ボォル箱の中をごそごそ、車検証の中から免許証を取り出して、オレの前に置いた。髪をショオトカット、どちらかというと丸顔で目尻の吊り上がった、そしてきつい性格を想わせたのは唇を一文字にして、カメラのレンズと対峙するかのように見入っていたからだろう。私の人生私が生きている、そんなしっかり者気丈さを彷彿させられる一枚だった。

「腎不全十三年とあるのは、人工透析を受けていてその為の身障者手帳ですな」

「そうです。実を言いますと透析の予約日に見えなかったのが事の発端、病院から団地の管理事務所に連絡が入り調べたところ、悲しむことになっていたようです」

ほか一名、その二人が、想わず、その時の様子を想い浮かべる、そんな感じで顔を見合わせた。

「では、第一発見者は管理人なのですか」

オレは、そう直感して尋ねてみる。

「いえ、透析を予約していた日からかなりの日数が経っていたようでして、一人住まいですので、もしかしての厭《いや》な予感が走り一応、警察に連絡、それから鍵を開けたようです、役所の者も同行の上」

高齢者の独居生活は、その団地でもかなり多いらしく、そのような悲しい出来事は頻繁ではないが、珍しくもないらしい。

「その昔、松ヶ丘住宅と言い一戸建ての都立住宅の有ったことを御存知かな」

ほか一名の菊田が言う。

「知って居ります。私が役所に入る前、すでに取り壊されて居りました」

「そうでしょう。当時その松ヶ丘住宅に異母姉母娘が住んでいたのです」

「そうですか」

担当者はとりわけ関心なさそうな素振りを示す。この日の話し合い、その事案にかかわりがないと判断したのだろうと想った途端、なんとも意外な発言をする。

「僕は当時小金井市に住んで居り時候の頃合いは暑くも寒くもないころだったが、姉が不意と尋ねてきたのです。腹違いの姉の居ることは知っていたが余りにも突拍子もないことで茫然自失、頭の中が真っ白になっているところになおも畳み掛けるように、父の死を知らされたのです。僕は父の再婚相手の子なのだが男児なので、一言、伝えたくて来たのだろうが、一人で活きていくことに無我夢中、それどころではないそのようなことを言った覚えがある。昭和四十年前後のこと。すると姉は、近いのだから今度御飯を食べにおいで、そう言うものだからいけ図図しくも、のこのこと出掛けていった。其処が松ヶ丘住宅というところだった」

担当者は、菊田の話を聞いているのかどうかしきりと戸籍をめくり続けていたし、若者も、まるで無視するように、遺留品の目録と現物を確認しているかのことをしていた。相槌を打ったり語り掛けたりすると依怙贔屓になりかねないジレンマと闘っているようにも、見えた。

しかし驚きである。オレの知らないところで、何が起こっているか、である。その上異母姉のところで御飯を馳走になったという。もしかするとオレが、母に連れられて再婚先に入籍したことで味噌っ滓になっていたのだろうか。しかし母の一言、お前以外にあいつの子を生んだ覚えはない、その言葉が事実イコォル真実だとすると、不可解きわまりない謎である。菊田は多分その謎を知っている筈、オレの母親は嘘をつく人間ではないし、その母、そして実父もこの世の者ではなくなっていた。今オレの隣に居る、神経質のような半面飄々とした感じで訊きもしないことを喋くる男は、どのような生い立ちがあったのだろう。そのことを知っているのは菊田本人のみで役所の者は知らないだろうが、実の母から引き離されたと考えられるなら同情心を擽られる。一般的に、で、そのことが遺留金の分配になんらかの影響を及ぼす可能性が考えられそうな気がした。今後どのようなことになるのか分からないが一応心に留めなくてはならない。人なんて欲得のこととなると、どのような出方をするやらしれたものではない。

「お二方にこころよく同意していただき誠にありがとうございます。つきましてはまず、お姉様に面会していただきたいと想いますが、セレモニィセンタァの霊安室に安置されて居りますので、私ども、これから御案内させていただきます。それから遺留品のこと、御自宅のこと、金融機関での遺留金の相続等につきまして、私どもにも各々の都合がございまして全てを一気に為すこと儘なりませんので今日は、セレモニィセンタァに行きお二方がお姉様に面会されているうちに、私、葬祭の手筈などさせていただきます」

と、いうこととなる。

若者の運転する小さなワンボックスカァの後部座席、妙な堅苦しさがあるなかで、担当者はセレモニィセンタァに電話、シュットトシュットトト、そんなエンジン音と同じくらいな声量での会話の遣り取りがあり、オレはぼんやりと、目まぐるしく移り変わる車窓からの景色に視入っていた。乗りかかった船、どうなるやら分からないが、なるようにしかならない。が、あなたの母親はどのような方でしたか、その一言、なにがあっても投げ掛けてみたいと、考えていた。

セレモニィセンタァの事務所前にて、車は停止する。

「暫くお待ち下さい」

細長い木造二階建物の一部が事務所になっているようだが、閑散としていた。その周囲には住宅が点在して居り、まさかこのような粗末な建物のどこに霊安室があるのか、想像しかねる。

「どうぞこちらに」

担当者が喪服姿の男と連れ立ち出てくると、促された。菊田とさりげなく目配せ、従う。その時初めて、菊田が唯一の心に寄り添う味方、そんな気がしたのはどうしてなのか解らないが、ずっと引き摺っていた、初対面とかいう糸が、ぷつん、と切れている想いを感じた。

喪服の男は、入り口の鍵を開けるのにカチャカチャと金属音を発《た》てて、かなり手間取っているようだった。

「それでは私は此処で、葬祭の件で打ち合わせがありますので失礼いたします。面会が済みましたら事務所の方に来て下さい」

と、突き離される。

白いカァティンで、ぐるり、と仕切られている待合室は四畳半くらいのもので、其処に案内されて腰を下ろすと、暫くお待ち下さい、そんな他愛のない味気ないかの一言を残し喪服の男は居なくなった。

　耳鳴りのするような静寂が押し寄せてくる。この室のずっと奥なのか、それともすぐ其処なのか、霊安室とは名ばかりの遺体を冷凍保存する一画があり、もしかすると其処には姉ばかりではなく、引き取り主未確定の数多くの遺体が、目も目蓋も唇、そして身も心もすべて氷の塊と化してつくねんと佇んでいる、そんな気配が漂う。死体は物質と化す、そのような固定観念が音もなく崩れ落ちるかの、妙な胸騒ぎが忍び寄る、そんな想いがする。その想いに引き摺り込まれそうな危うさを感じる。生と死の境が見えなくなりそうな朧ろがある。

　十五分くらい経過しただろうか喪服の男が掌をこすりこすり、申し訳ありません、そんな仕種をしいしい現れた。

「私の勘違いのようでした。菊地《きくち》考子《たかこ》さまですよね？」

と、言う。

「菊田です、菊田たみ子です」

菊田はこころなしか憤りを込めた言動になっている。

「あいすみません、もう少々お待ちを」

頭を下げ、そそくさと出直しの足音が消えた。再び静寂の波の渦中にどっぷりと浸《っ》からなくてはならなくなった。

「苗字の菊の頭文字で混濁したのかな」

そのようなことなど、まず有り得ないと想う。が、もしかすると、うじゃらうじゃら右往左往する霊の群にまやかされたのやら、しらん。いくらプロの死体管理人といえど生きて居る人、偶には気の迷いも生じるだろう。なにしろ相手は行き場所に彷徨っている上に、冷やっこくて冷やっこくて堪えられない連中がうじゃうじゃしていた。

「それにしても時間がかかりますな」

菊田が、ぽつり、と呟くと台車《ストレッチャア》が通路を押されてくる音がひびいてくる。しかしそれから、何やらごそごそしているらしいが一向にお呼びは掛からない。

「たみ子さんとは、出会いがあってからずっと付き合われていたのですか」

初めて姉の名を言う。おこがましいような照れ臭さがあるがふと、好い名、そう想う。

「否、僕らが所帯を持って、とはいえ、貧しくて結婚式を挙げることもできず入籍だけのことでね、姉にも恥ずかしくて言えず、六畳一間の間借りをしていたところで一緒に暮らし始めたのだが、偶々僕の留守中に姉が尋ねてきて、かみさんはびっくり、姉もびっくり、大切なことなのにどうしてこのように道の外れることをした、と叱られて疎遠の始まりになってしまった」

と、苦笑いをする。

「すると御子息は」

「四十がらみの男が二人、初孫の生まれる一ヶ月前に、かみさんは死んだ」

菊田という男、訊きもしないことをよく、喋る。この息苦しくなるような静寂が、そうさせたのか、それとも婚姻のこと、どうして最初に姉に打ち明けなかったのか後悔の念に駆られ未だに拘わっていたのか、解らない。オレならさしずめ、過ぎたるは猶及ばざるがごとし、で、くよくよしても仕方ない、である。しかしお互いが他人でもあるまいし、そのようなことを根に持ち疎遠になるのだろうか。もしかすると二人の間柄に意思の疎通を断ち切らなくてはならない、なにか、があったのだろうか。実父そして異母姉といい見たことも会ったこともないが、確かなことは血縁関係にあること、らしい。だけのことだった。

「お待たせいたしました。仕度が調いましたのでどうぞこちらへ」

話の途中なのに喪服の男が現れるから、余談にうつつを抜かしている場合ではない。本筋に立ち向かわなくてはならなかった。

通路の扉は閉じられ、台車に白布が敷かれてその上に柩が置かれていた。少々窮屈な格好ではあるが柩の横に祭壇がしつらえてあり、左右に生花そして巨大な灯明がとぽとぽしく炎をくゆらせていた。中央に焼香の箱がありすでに薄煙をよじのぼらせていた。

柩の小窓は開けられて、顔は白布に覆われていた。

「あのぅ、誠に差し出がましいようですが故人は亡くなられてからかなりの日数を経過して居りまして、できましたら古き好《よ》き想い出に手を合わせていただいた方がよろしいかと存じます」

とかの進言がある。免許証の写真を見ていたが実物は見たことがないので、オレ的には恐る恐るでも見てみたい。逢いたい、そんな気もするが、多分いくつもの死人と対面してきた者がそうも言わしめるくらいなのだから、とても酷《むご》いくらい悲しい表情をしているのではないかと、想像する。郷に入らずんば郷に従え、とか言うから、そんな想いを籠めて菊田を見遣ると、ちいさく頷いたかに見える。すると何も言わずに遺体に合掌、焼香するではないか、決断が速いのかセンチメンタルになっている場合ではないと考えたのか、淡々とした仕種である。

オレ、右に倣えをしたくなかったのではないが、観音開きになっている小窓の上から、たった一度しか見たことのない免許証の写真を想い浮かべて、白布の下の微かな波うつ様を凝として見詰めた。多分二年くらい前に更新した際のものだったようなので、亡くなったその時に最も近い死に顔を想う。

「色々とありがとうございました」

喪服の男に菊田は、何も言わずに一礼したのみだったがオレは、一言を添えて頭を下げた。亡くなった者に成り代わってなどと、そんなめっそうなことではないが、姉の亡骸をぞんざいに考えたくなかった。何時になるか解らないが、明日は我が身のこととなる。

どうしてなのか分からないが、粗末な祭壇と柩の横たわるところから出ようとした時、菊田もオレも申し合わせたかのように振り返り、ちいさく頭を下げていた。

帰りの車の中でこれからのこと明後日、市の生活支援課にてこの朝と同じ時刻に会い、金融機関での遺留金の相続やら団地の部屋明け渡しのこと諸々打ち合わせをすることになり、二人とも最寄りの駅近くで下車することとなる。

「どうです、この日スケジュゥルに余裕がありますかな」

「？　……。生業になることはしていない。散々働いてきた。後はグトバイするまでの骨休めをする積もりです」

「僕は、目的も当てもなく、なんとなく暮らすことのできない性分でね、家で一人ぼんやりしているのも面白かないので、自由気儘とは言えないが増改築や外壁塗装の営業をしている」

へっ、である。この男訊きもしないことをよく喋くる。

「建築業をしていたのですか」

「そんなことはないが面白半分でね、初めは健康の為にと知り合いの後ろについて歩いていたが、面白半分が本気になってしまい自分で始めた。口利きだけのもの、だがね」

と、名刺を渡された。

どこかで昼食にしようと、なる。お昼時はかなり過ぎていたが、陽射しのわりに空気は冷たい。なにか腹に詰め込む前にちょいと一杯、ひっかけたい、そんな気分になっていたが、菊田はどうだろう。実父は蟒《うわばみ》と言うくらいの大酒呑みだったらしいが、もしかして下戸だったりしたらちゃんちゃら可笑しい。親が大酒呑みだった場合、なのにその子は一滴も呑めないこともあるらしい。蛙の子は蛙、とか、遺伝とかいうものも絶対とまでは言い切れない。ちなみにオレの子は、こと酒に関しては、負けそ、である。

絣《かすり》の着物がユニホォムの小母さんが注文受けにくると菊田はやおら。

「とりあえず焼酎のお湯割りを一杯、で、あんたは？」

と、オレを見る。

「同じもの、とり合えず」

即座にそう応えた。目を合わせる。

「一杯飲む前にこれからのこと取り決めをして措こうではないか、如何かな」

あからさまに、遺留金のことか、と応じるのも意地汚ならしくおこがましいし癪に障るが、何をですか、と空っとぼけるのは七十面を引っ下げた男の言い種ではない。

「そうですね、どうするかについて役所の支援課と言えど立ち入れないし揉め事にもしたくないでしょう。話し合っておくのが得策と想われます」

母親の言葉を信じない訳ではないが、実の兄弟ではないと実証する確証もない。解っていることはオレの方が三歳下なので控え目にして居たいのでこちらからどうのこうのと提案したくなかった。狡いかもしれないが。

「僕が考えるに、家財道具を引き払うこと、部屋を元通りにして返還しなくてはならないこと、これは想像より以上に費用が要る。そのような気がしてならない。葬祭のことも荼毘に付すこともさることながら、埋葬することも考えてあげなくてはならない。誰が何処にである。その上で僕が考えたのは各々諸々の出費そして遺留品や遺留金すべて折半にするということでどうだろう。僕はこの近くに居住しているが、あんたは都内、この始末一日二日ではとてもけりがつかないと想うので、交通費も馬鹿にできないから確実にメモをして、それらも折半にする、それで如何かな」

異議なし、そう発言しようと想うが、しゃっちょこばるかの感があり、

「分かりました」

とだけ答えた。ふうん、である。初めて会う人なんて一言二語を交わし、その一人の人間像の端くれに触れるのが始まりなのに、どうしてなのか分からないが菊田という男、腹の中まで透けて見えたような錯覚があるのは、多分端た酒を目の前にしての所為に違いなかった。

「……たみ子さんに、献杯」

菊田は、ささやくかの声を発するから、大きめなコップをこころもち、上げた。

コロナ禍になってから、うらぶれたかの場末などうろちょろすることもなかったし、友人知人とグラスを傾けることすら控えていたので、田舎くさい、そんな気のする飯屋で初めて会った兄弟という者と酒を飲むなんて、想いもよらなかった。生きているんだ、色々あらぁな、とか、宝くじで三等が当たったという知人がそんな他愛ないこ

とに、一生に一度有るかないかの出来事だと目をぱちくりさせていたことがあるが、見たことも会ったこともなかった兄と、やはり、見ることも会うこともない姉の屍の始末、浮わついていてなんとなく実感のともなわない薄っぺらなことのようなのに、妙な圧力がふらりと纏わりつくのはどうしてなのだろう。

「あんた、お子さんは?」

「男と女、一人ずつ、孫四人、父親違いの妹が居ます」

「ほっ……」

あなたはどなたに育てられたのですか、と尋ねようかと想うが、この場の雰囲気を濁しそうな気がして口を噤む。自分のことをあらいざらい知らしめす積もりで妹のことを語ったのだから、菊田の不透明な部分に触れてみたかったのだが、その謎は途轍もない地の果てに潜んでいるかの想惑があった。

「ますます入り組んできましたな。僕の取り寄せた戸籍謄本に依ると父は、あんたの母と離婚の成立した後、もう一人の女性と再婚しているようですな、御存知ですか」

天と地が入れ変わるくらいな驚愕を感じた。どうして僕らの母ではなく、あんたの母、そう表現したのだろう。菊田は明らかに戸籍の真相を掌握していると感じた。オレの知る限りではこれ以上菊田の生い立ちについてその深層を追及することは不可能らと考えるが、それにしてもオレたち二人の実父のこと、その人間像、人となりが解らなくなってくる。いまでいう東京大学を卆《で》たエリィトが五十八歳の生涯のなかでどうして、ふしだらとも想える家庭を構築し渡り歩かなくてはならなかったのだろう。大酒呑みでお人好し、田舎でくすぶっていた母の身内を東京に呼び寄せて面倒をみてくれたと母の言い種、その上、実父は七人兄弟の三男であるのにもかかわらず、戸籍筆頭人である病弱な実母の世話もしていたようだ。戦中から戦後にかけてのどさくさのさなか、何があったのかオレには解らなかったし今更、ほじくり起こしてぐじゃらぐじゃら語り合ったところで自己満足するくらいが関の山、屁の突っかい棒にもならない。

「コロナ禍なので出先で酒を飲むのは久しくて、やはり余所で飲むのは好いものです。菊田さんは晩酌をなさるのでしょう？」

「勿論、今の僕にとって飲んで食って寝るのが生きていることの土台になっているようなものですな」

会ってから初めて見せた屈託のない微笑みは多分、ほろ酔い気分様のお出ましだったのだろう。神経質そうな性格の裏側をひょっこりと見てしまったかの朧ろがあった。

「奥さんが亡くなられてからずっと、一人暮らしなのですか？」

「そ。二人の息子が片付いてね、一丁前に二人で老後の計画など立ててなんとなく軌道に乗り始めたころだったかな、丈夫で元気が取り柄だった女《ひと》なので気づいてやれないでいたがある日病院に行きたいと言う。庭の物干しのコンクリ台の位置を変えようとして妙な躰の捻りをしたのか背中に激痛が走ったらしい。で近くの町医者に診てもらったら、色々と検査をしてくれる病院を紹介され一日がかりで検査をしきたのだが、そこでまた国立病院に行くよう指示され、その時ばかりは怖いので一緒に来てくれというものだから仕方なしにそうしてやったのよ。するとその日のうちに検査入院してくれと言われ大童の体《てい》。筋肉痛くらいのことで大層なことを、くらいにしか考えていなかったのに、そのあくる日二人で呼ばれると、病名多発性肝腫瘍、余命半年から一年を宣告された。手の施しようがなかったらしく、一ヶ月入院、家に連れて帰り丁度一ヶ月、余命宣告されてから二ヶ月で死んでしまった、な」

と、当てもない虚ろな眼差しで淡々と振り返っていた。可哀相に、そう想うが、見たことも会ったこともない菊田の奥さんに、おくやみの言葉も出ない。世間一般一日一日その日その日、何が起こるか何が有るか分からない、その一齣が脳裏をよぎる。

「寂しかないですか」

当てもない目線でそう言う。するとその問い掛けがオレに谺《こだま》する。なんやかや斯く斬くしかじかが身の回りにうろちょろして居り、寂しさと同居している気が、まやかしに合っているだけなのだ。

「寂しいと言うより、なんとなくつまらない、な」

二人とも眼を見て語らっていないので、会話を交わしている自覚にとぼしいようだった。後日判明したことであるが、菊田たみ子さんは、実父と最初の妻君との間に生まれた一人娘ではなかった。五歳上の長女が居たが十一歳の時労咳《ろうがい》にかかり長野の診療施設で他界していた。当時労咳というと不治の病と言われた伝染病、その死がもしかするとなんらかの形で離婚の原因に絡んだとしたら、切ない。悲しい。

一杯気分のほろろで武蔵野線に乗り西国分寺に出、オレは東京方面、菊田は立川方面に、そして別れしなに菊田は、一段落したら僕の家で一献かたむけようや、という。今日お互いに初めて会ったばかりなのにどうしてこうも、のめっこい接し方ができるかの不思議があった。

「何からなにまですべて折半にしようと、相手の方から言い出した」

「お役所の方の証人で、ですか」

「いや、担当者は相続に関する手助けはできるがその分配に口出しはできないよ。十億も二十億もあるとしたら弁護士が中に入ることになるだろうけど」

「信用のおけそうな方ですの？」

「第一印象は古めかしいトレンチコォトを手にした神経質そうな初老のおっさんに見えたがね、何年か前に奥さんを亡くされ現在は、暇潰しの仕事などしながら持ち家で、一人暮らしをしているらしい」

「お子様は、いらっしゃらないのかしら」

「何をしているやら解らないが、二人居られるようなことを言っていた」

「その方、実直そうな方でしたか」

「まぁな、その子息なのだから似たようなものだろう。苦労人にも感じた。ただ、どうしたことか解らないが、その者の母親は別に居そうな気がするのに、そのことを尋ねることができなかった」

　菊田と名告る男に、戸籍に登載されていない実母が居たとしても、此の度の相続についてなんらの影響もないと想うが、それにしても、気になる。どうしてそのようなことになったのか、である。積まり重婚はできないので、オレの母と再婚する前のことになる。

「なにがどうなっているのかことの糸が縺れてしまい、わたしには分かりませんが、ことのなり行きは穏便にすすむのかしら」

家内は、相続は遺留金のことしかないと言えている、そうとしか想えない口振りをするので、そればかりではないことも伝えなくてはならない。

「遺体と対面してきた。この次は遠いところへの旅立ちの段取りとなるが、それは役所の方で世話を焼いてくれそうな気がする」

「その他一名の奥様は亡くなられていますが、わたしはどういたしましょう」

「葬祭には多分役所の生活支援課の方が出てくれるのではないかと想う。でなければ寂しすぎる。だとするとお前は参列しなくてもいいような気がするが、それが何時になるのか分からない」

「折半ですか、穏やかにそうしていただけると嬉しいですね」

　荼毘に付さなくてはならないことを考えていたのに、ぽつり、とそう言い晴れがましいかの眼差しをする。目くじらを立てて戒めなくてはならない理由もなかった。良いこと、良かないことすべてひっくるめて、オレの身内からの唯一の出来事、結婚して四十年も経つが初めてのことだった。

「姉さん、自動車を所持している。オレはすでに免許証を自主返納しているので運転することもできないから要らない。菊田さんが細々と仕事をしているというので引き取ってもらうか」

「どなたかに買い取っていただけると、折半できるのではないかしら」

女は凄い。即座に厚かましいことを想いつくらしい。邪念ではないだろうから薄ら笑いを浮かべた。

セレモニィセンタァにて火葬場のスケジュゥルを尋ねたところ、三日後の午前十一時に荼毘に付せることになったので、小金井市に有る多磨火葬場に遅くとも二十分前に到着していること、受付待合室にセレモニィセンタァの係の者が居る筈です、とのことだった。

多磨霊園といえど桜の名所に数えられているのでこの時季混雑が予想されるので念頭に、という。え?? である。多摩地域など訪れたのがこの日で二度目のこと、思わず菊田を見ると、小刻みに頷いていた。生活支援課の在る所在地は地図で調べてあるが、多磨火葬場がどこにあるのか皆目見当もつかない。菊田がこの地域の住人であったことに、胸をなで下ろした。

遺留品一式を手提げ袋に入れてもらい、一応兄貴分である菊田がそれをぶら下げて、役所に最も近いだろう食堂に入る。

昼時には時間が早く開店したばかりの人気のない店だった。

「年末に警察から電話があり、菊田たみ子さんを御存知ですかというので、勿論、と応えると、実は亡くなられたのですが財産があるのでどうしましょう、とか、いきなり切りだすものだから、やべ、新手のオレオレ詐欺かと感じて突発的に電話を切った。あんたにもそのような電話があったかな」

「いえ、ありません」

色浅黒いベトナム人らしい女給が、たどたどしくおぼつかない日本語で注文を受けにくると、菊田はまるで、先日と同じように注文すると指を二本立てて、二人分と言う。

「それがことの発端となり、年が明けると役所からの通知になった」

するとしょぼくれたブレザァの内ポケットから茶封筒をさりげない仕種で摘まみ出すと、モノクロの写真を一枚、オレの前に置いた。

結婚の記念写真のようだ。体格の好い男がダブルの背広姿で椅子に掛けてその傍らに、日本髪を結ったぽっちゃり美人が和服姿にて立っていた。

「誰なのか解るでしょう」

言われなくても分かる。しかしスナップ写真なら何枚も見たことがあるが、このように改まりうやうやしい父親のものは見たことはない。勿論、日本髪を結った母の写真など見たことはないし、もしもこの手のものが有ったとしたら、再婚するにあたり母は、破りかなぐり捨てていたに違いない。

「この女性に見覚えがあるかな」

「……ない」

母親ではなかった。

「僕の母なんだな」

菊田は余所ごとのように言った。やはり母親の一言は間違いではないとうすうす感じてはいたがまさか、疑問の塊である当事者から証拠写真を突き付けられるとは、想いもよらなかった。

菊田という男、一見飄々としていてその実かなり神経質、そして潔癖性。もやもやしているものを引き摺りながら会話をしていると息苦しくなるのかもしれない。が、戦中戦後のどさくさとかいう背景があったにしても、どうしてこのように、見え隠れ捩れ解れるかの家系が出来上がったのだろう。そのことについて菊田は、オレよりか三年早く生まれた分だけ詳しいと想われるがその前に、幼いころどのようにして育てられたのかを、知っておきたかった。子供の頃のことなど知ってどうなることもないが、オレの方だけ公の存在になっているのに、菊田には見えないひと頃がある。不公平である。見た目やんちゃをしていた風には感じられないが、どうして異母姉親子の住んでいた隣の市に居たのか、よしんば偶然にしてもその辺りの経緯を知りたいと想う。

「おきゃくさんなにかたべないのか」

　暇をもて余していたのか、客が来ないからか、かたことの日本語で、親切なのか催促がましいのか戸惑いそうなことを言ってくる。

「あぁ、そしたらラァメンと半チャァハン」

「同じで」

　オレもそう応じる。コロナ禍になる前に、ふらりと一人で外食しに出ると、回転寿司かラァメン半チャァハンが手っ取り早く腹一杯になる。

「僕は、お婆ちゃん子、記憶にあるのはお婆ちゃんと何時も一緒で、腹の辺りにまで伸びたながぁい乳房、あんたはこれでおっきくなった。そう言われたな。月に一度か二ヶ月に一遍くらいか、かぁちゃん、と呼んでいたむちゃくちゃ優しいひとがやってきてきつく抱き締めると、知らないうちに居なくなった。それから暫くするとお婆ちゃんから、今度あのひとがきたら、かぁちゃんではなく、おばちゃん、そういうように言われたので、おっきなこっくりをした。おばちゃんでも、かぁちゃんでも呼び名が違うだけで、優しいひとには変わらないと、子供ごころにそう解釈した物心の端くれの記憶がある、な」

不思議なこともあるもので、オレの知りたいことを訊きもしないのに勝手に喋くる。もしかすると雲散霧消どうしようもない昔が腹の底にごそごそしているが他人《たにん》には言えない、そんな想いをオレに吐き散らしているのやら、端た酒の勢いで。

「ん、このチャァハン美味しいですね」

と、いうが、店屋ものを食すことなど久しかったのでそう感じたし、ラァメンもインスタントの物ばかりだったのでふと、店屋物の味を想い出したのだ。

「僕は食べ物の味に蘊蓄《うんちく》云々したことがない。好き嫌いなどないし腹一杯にするのがまず先決だったからな。当時はこの頃とは大違いでたいがいの家が食べるのに死にもの狂い、活きるのに精一杯だったのが、子供心にもひしひしと伝わってくる覚えがあったな」

それはオレにも理解できるが、三才の歳の差は、オレ四才の時に七歳なので食い盛り、大層な違いがあったような気もする。

「今年もまた、お墓参りに行かれそうもありませんね」

八柱《やはしら》霊園というところに田部井家の墓があり、母そして義父とその何々様が埋葬されているが、オレの母親以外の者については、うろ覚えしかないが一応オレが名義人になっていた。

「仕方ない。毎朝晩仏前にてねんごろに手を合わせているので、カンニンだ。お前さんの方にも墓参りをしていないが、田舎の方々に東京からコロナが来た、そんな眼で見られるのも厭だし、後《あと》少し辛抱しよう」

歳の所為か、出歩くことが少なくなったからなのか、三多摩にまで行き帰ると、腰から下がなんとなくかったるい。入浴して寝る前に軟膏薬擬《なんこうやくもど》きなど貼るが、効果を感じられないので、買い物の帰りにビタミン剤を購入してくるように頼む。歩くことは苦にならないが、駅の階段の昇降が殊更にこたえる。団地の八階に居住しているが今まで一度たりとも階段など使用したことはない。

黒い服《ふく》、黒いネクタイ、このような身形をするのは何年振りになるだろう。

「お金、恥をかくといけないので多目に仕度しておきました」

「その必要はないだろう。遺留金に手をつけていないし、役所の者が同行するのだから」

遺留金の相続よりまず、葬祭が先になるらしい。とにかく亡くなられてからかなりの日数を経過、遺体の顔をまともに見られない程の情況になっているとなると、心情的にも理解しなくてはならなかった。

「脚、少しは楽になりまして？」

「うん。若い頃みたいに一晩寝て起きるとすっきりする。そんな風にはならないがね」

武蔵小金井駅の南口、改札口のところで待ち合わせになって居り、念の為に携帯電話番号を教え合っていた。

小金井駅とその周辺、生活支援課の有るところよりかなり垢抜けているように感じる。やはり中央線沿線になるからだろうか。

オレは其処に約束の時間より十五分前に立ち、なだらかな坂が通りに向かっている先の街並みを見ていた。ずっと、遮断機のある踏切の警報音がこやかましく鳴りひびいていた。するど、ふと肩を叩かれて振り返ると菊田だった。改札口の上にある丸い時計の針が約束の時間ぴったり、まさか、それを見て改札口を出たのではないかと疑いたくなるくらいの几帳面さを感じさせた。黒いネクタイこそしていたが、相変わらずのブレザァ姿。

「やぁ、御苦労さん。ずっとスマホで道路情報を調べていたが、渋滞はしていない。最悪の場合多摩川線で多磨駅まで行けば、火葬場まで歩いてもしれているから、な」

そう言われてもオレにはちんぷんかんぷんである。タクシィ乗り場の列に並ぶ。

この春は近年にない気温の高い日が続き、多磨霊園の桜も七分咲きになっているらしく、土日にかかるとかなりの混雑が予想されるとも言う。

「かみさんを埋葬するのに一周忌を待たず、生まれ出でた月日に納骨してあげた。春のお彼岸になるいく日か前だったがなんとその日の八王子南大沢では大雪になった、な」

ずっとフロント硝子に視入りながら、ぼんやりと言った。春先は気候の変動の激しいころで、もしかすると梅花の咲きほころぶさなかに雪が舞う、そんなうろ覚えもある。

「此処が多磨霊園、な」

広い通りから垣根沿いに曲がり、かなり走る。広い墓所で幾多の著名人が眠っているらしい。死んでしまえば誰も彼も平等な亡骸な筈なのに、どうしてなのかそんなところにまで格差があった。八柱霊園の田部井の墓地は三坪くらいなのに、山田なんとかいう作曲家の墓地は三十坪の上はありそうな広大さである。死んだ者が広びろとしたところに埋葬して欲しいと頼んだ訳ではないだろうが。

受付に入るとセレモニィセンタァの者が、待合室のテェブルを確保していて案内された。喪服姿で神妙な面持ちの者たちが、物の哀れにかしこまりながら言葉少なに静まり返りさわさわ、さわさわ。

「支援課の方たち、姿が見えないですね」

「故人との関わりは身内でも友人知人でもないからな、火葬に立ち会わないのだろう。しかしここまで縁者について調査をし段取りまでしてくれた。感謝しかない」

菊田は呟く。が、オレはどうかして合点がいかない。一日も早く楽にしてあげたい。そう語った言葉が借物のような気がしてくる。尻切れ蜻蛉、言い方はよろしくないがお役所仕事、そんな風にも想えてくる。どうして、格好ばかりの見てくれでもよろしいから、骨になったことを確認してくれようとしなかったのだろう。すると、荼毘に付す扉の番人とオレたち二人だけの葬祭ということになる。なんとも遣る瀬ないかな、の寂しさがある。こうなることが判っていたなら、家内を参加させるべきだったと、不覚を感じる。

予定時刻の五分前に、たみ子さんを乗せた霊柩車が着いた。セレモニィセンタァの者があわただしそうに駆け寄り運転手と合流、荼毘の扉の番人の台車に柩が引き渡されると、オレたちを手招き、遺体との最後のお別れをするようにと促される。このような別れが偶々あることを役所のそれぞれで承諾しているらしく、こともなさそうに淡々かつ整然と為《な》される。

たみ子さんさよなら、そう語り掛けた言葉が胸に跳ね返る。たみ子さんに、そして菊田にも分からないだろう遠い旅立ちへのうそ寒いかの発信音はオレにしか解らない。たみ子さんは八十年の人生をどのように駆け抜けたのだろうの不可解がよぎる。どなたにも坦々とした道程などありゃしないが並々ならぬ波乱万丈をどのように生きていたのか想像もできないのは、女であったこと、で、その他はオレら異母姉弟、似たりよったりであったそんな気もしないでもない。平坦であり、でこぼこでも男と女の違いさえなければ、人と人の道なので大層な変化はないと想われる。母と娘で案外と仲良し睦まじく過ごしていたやも知れないし、独居生活になってもオレなんかより預金が多くあるのだから優雅な老後の暮らしをしていたかもしれない。寂しささえ克服できるなら、お金以上の強い味方など要らないかの現世、天は二物を与えず、とかもいうくらいなのでオレなんか、寂しさも貧しさもなんとか凌いでいる平々凡々在り来たりな人種なのだ。それが良いのか良かないのかは別にして、である。

　時間がきた、と、セレモニィセンタァの者が迎えにくる、菊田と二人で息苦しくなるばかりの長かった霊安室でのだんまりの薄っぺらなカァテンが、やっとのこと抉《こ》じ開けられたかの一瞬であったかのように、想わず肩の力が抜ける。

　左端の茶毘の扉の前、台車のステンレスの箱の上に、白くかさかさになった骨が散らばるようにして重なり合ったりしていた。

茶毘の主が合掌して一礼すると、それを金篦《かなへら》のような物で寄せ集める。細かいものはステンレスの塵取りに入れてから骨壺に移した。そして、これが喉仏、だとか一応説明すると、この辺りの大きめな物を二人で同時に持ち上げて壺に入れるように、と言う。これがなかなかどうして難しいのは、人骨、姉の骨と意識するからなのか、苦笑いもでないくらいに掌や指先がおたおたしなくてはならなかった。人の骨になってしまったかの名残、物となってしまった虚ろ、そのセンチメンタルは義父、そして母の時とも同じ、煙突から攀じ登って消えて行った薄煙りと人とかいうものの生命の儚さが妙な形で符合したのは、母親が茶毘に付されるのにいたたまらず外に走り出て仰いだ空の彼方からだった。あれから七十面を引っ下げる今日このごろ、おセンチになって居る場合ではなく、明日は我が身であることをしかと感じ入れなくてはならない。

待合室にて気が抜けたようにぼんやり朧ろになっていると、セレモニィセンタァの者がいそいそしくやってくると、葬祭費の内訳を持って来た。合計二十八万五千円也である。

オレ、心穏やかではなく、どぎまぎ。まさか今日この場にてその支払いをしなくてはならないとは全くの想定外である。

　すると菊田は用紙を引き寄せ、ブレザァの内ポケットから財布を取り出し、お札を数え始める。そして渡す。セレモニィセンタァの者、それを当たり前のように受け取ると請求書を手に、少々お待ち下さい、といそいそしく受付に行った。

「菊田さん、すみません。振込先を教えていただければ、これからすぐにでも家内に振り込ませます」

　と、平静を装いながら、しどろもどろ。

「その必要はないな。後日出費はすべて折半の約束だったな」

　事もなげに言ってのけた。実のところそのような大金を持って歩くことなど、まずなかったが、そんなみみっちいこと他言できやしない。

　太っ腹なのではない。それが常日頃の金銭感覚だったのだ。

　セレモニィセンタァの者が領収書を持ってくると、お遺骨は私どものところにて大切に保管いたして居りますので、何時でもご都合のよろしいときにお越し下さい、とのこと。

「僕のところからそう遠くもないので、折をみて受け取りに行くか、な」

「おねがいいたします」

立ち上がり深々と頭を下げた。

なんとしたことか、迂闊だった。遺骨のことが頭の片隅にもなかった。まさか桐の箱を首から下げて電車に乗るやら闊歩することなど考えてもみなかったが、とり敢えず、菊田の家に預かっていただきその後、如何ようにするのか相談しなくてはならない。

「小金井北口に有る呑んべ横町に美味しい煮込みを出してくれる店がある。大黒屋と言ってな、たみ子さんと初めて会ったころ貧乏暮らしをしていたくせして、散々通い詰めた。なにしろ其処から二、三分のところでちいさな台所とトイレだけの六畳一間を間借りをしていたから、な」

タクシィに乗り込むとじきに、ぼそぼそしく喋くる。

「小金井は憶い出一杯の街でな、寄り込んで盃など傾けたいが、夕方五時にならないと赤提灯の灯が点かない、またにしよう、な」

ほっ、とする。オレ、どうかして今はその気にならない。大仕事を終えて身も心も疲労困憊、と、そんな表現では飽き足らないくらいの不確かで巨大な何かが心に重くのしかかっている、そんな倦怠感があった。あの場所、静かすぎるくらいの寂寥と音もないざわめきに打ちのめされ未だに、立ち直れないでいる朧ろがあった。菊田という男、どうしてどうして、なかなかオレなんかよりずっと頑丈で活きることにしたたかな鎧を纏っているように感じられた。十五、六歳までは親から受け継いだ顔、それから先は自分で作り上げた男の顔であるとか、どなたかから聞いた覚えがある。

「お疲れさまでした。で、如何でしたか」

　顔を見るなり、そう言う。うん、くたびれた、とはいうものの、家は好いなぁ、の実感が込み上げる。夫婦なんて他人同士、別々な人間なのにどうしてこうも安らぎのある空気に包まれてしまうのだろう。

「うん、早めにシャワァを浴びて一杯やる」

　でないとくたくたで、何処から手をつけてよいやら分からないくらい山ほど言いたいことがある、そう言う程頭のなかがこんがらがっていた。情けない話コロナ禍の所為で世間との接点を見失うくらい、のんべんだらりの生活に甘んじていたようだ。それに腹が減るとどうしてこうも早く、一杯ひっかけたくなるのだろう。速、こんころもちが好くなるのを躰が識っているらしい。

　葬祭費のことはこの際家内には言わないでおこうと想う。オレの早とちりをのっけから認めることになるし、多めに用意したというものの、まさかそのような大金とは想像もつかなかっただろうから。

それにしても姉さんの遺骨、八十女にしては、かなりがっしりしていた、そんな感じがする。母からの話に依ると父は、五尺八寸五分の大男だったと言った。オレも菊田も一メェトル七〇センチの上はありそうなので姉は、柩に入っていたので分からないが女性にしては大きめだったかも知れない。生きている時に一目逢いたかったと想うが、本田立石には来たくなかったのだろう、母が居るので、菊田のところを尋ねたのは多分、一人暮らしをしているだろうこと、それに三多摩の隣同士の市なので駅からも近く、尋ねやすかったからだろう。ましてや菊田を名告っているから親近感に寄り添われたのかもしれない。

「おっ、御馳走じゃないかお刺身なんて」

なにしろ稼ぎがないので酒肴に文句を言えないが、好物の厚揚げを焼いたものさえ有るならあとは、じゃが芋の煮っころがしであろうが、目刺しであろうが頓着はない。

「本当は精進料理でないといけないのでしょうけど、いちいち大変なの。あなたお刺身が好きですし、お肉類さえ避けると良いと想ったものですから」

「上等上等、言うことなし」

「今日は、お店に寄らなかったのでしょ」

「二人とも、その気になれなかった。けど感傷的になっているのは今日まで、これからしなくてはならないことが山積。銀行とのこと、部屋の始末、それにどうしてよいのか最大の懸案はお骨のことになる。そのことについてあの方と一言も話していないが、これから真剣に考え相談しなくてはならない。オレ想うに無縁仏にだけはしたくない。見たことも逢ったことすらなかった親族なのに何故か、ふっ切れないものがある。三者三様に好んで生まれたのか、好んで生きてきたのか分からないからかなぁ」

義父の時、実母のときにもそのような感覚にならなかった。亡くなった者をおざなりにした覚えはないが、母親違いの三人の姉弟の生き様、あやふやなのになんとなく共通しているところがありそうなのが、見え隠れする。そんなことを言うなら人間みな兄弟似たり寄ったりで、似ても似つかぬことなどありえないが、オレに、オレたち三人に同じ父親の血が流れていた。そのような先入観がこびりついているからだろうか。

「どうしたら良いのか分かりませんが、最善の供養をしてあげたいですね」

「もしかしたらオレの墓に入っていただくことにするか。いろんな血筋の者が居て賑やかしいかもしれん」

「……口論が絶えないかも、しれませんね」

くすり、と、自分で言い出して音とも空気の振動とも感じる微妙なものを零す。オレ、奇怪しくはなかった。複雑な間柄になるその一人なのだから。

「今度は何時行かれるのですか」

「明日にも生活支援課に無事荼毘に付したことを知らせ、今後のスケジュゥルを訊いてみる積もりでいる。役所の方も何かと多忙だろうから、何時になるか、分からない」

「そうですね、余りせっつくとお金を欲しがっていると想われても、厭ですから」

「しかし、生まれて初めて経験した寂しいことこの上もないお弔いとなった。それでもね、市長権限で執り行なう形ばかりの事を想えば姉さん、ありがとね、そう言ったかもしれない。もしもオレたちが遺体の引き取りを拒むと、簡易裁判をしなくてはならなくなるらしく、すると必然的に葬祭は延びることとなる、それも可哀相になる」

「やはりわたしも員数に加わるべきだったのかしら……」

「そんなことを言えば菊田さん、奥さんは亡くなられて居るし、息子、息子の嫁とか厄介じみたことにもなりそう。おっ、そうだ、この相続について子供たちには口を噤んでいた方がいいな。オレたち貧乏人で今迄どおりの方が、無難だから」

とオレ、なんとなく本音をちろり。紅い舌先を出してしまうところだった。貧乏こそしていても心は豊か、そのくらいに見せた方が心の広がりを感じる。お金は魔物、親と子の関係に歪みをもたらすこともある。

明日の午前中にでも、と、生活支援課の担当者からの応えがある。まず金融機関に同行し相続の手続の手伝い、それから団地の管理人との面会、部屋を訪れて、オレと菊田に差し障りがなければ、支援課に出入りしている遺品などの整理をする業者を紹介するという。で、それらのことを菊田と連絡を取り合って欲しいとのこと。肝心なのは金融機関に行く場合相続人二名、印鑑証明と実印持参のことと言う。仲立ちはするがつべこべ立ち入ることはできないらしい。さてさて、であるが、遺体の始末のことを考えれば物品のことなど屁の河童、とか、たかがをくくるが、どうなることやら、手をつけてみなければ分からない、である。

九時に生活支援課に行くことを、菊田はこころよく同意した。なんとなしに晴れ晴れしい声に感じるのは、大変な一仕事を終えたからかそれとも、暖かくなり始めたこの時候のすがすがしさの所為なのかは分からない。

姉は某信用金庫と長きに亘り取り引きをしていたらしく、役所の担当者が受付カウンタァに行き名刺を差し出すと、行員は立ち上がり丁重にお辞儀をしてから上司らしきに目配せ、すると個室へと案内された。

オレたちを紹介する。私語もなごやかさもない雰囲気のなかで担当者は風呂敷包みを繙き、オレの取り寄せたものとは異なる戸籍謄本、戸籍薄、廃棄証明などの原本を取り出すと、すべてコピィを取らせていただきますので少々お時間をいただきます。女子行員はそう言い引き下がる。

「当日、遺留金の現金引き渡しをすることは不可能なので、一週間か十日後くらいになると想われるが、菊田様、田部井様の口座に振り込まれることとなります。どのような配分になされるかは、原本のコピィをいただいた者が書類を持参しますので、それに署名捺印、印鑑証明を添えて提出して下さい」

と、信金のお偉いさんらしきが録音テェプであるかの口調で言った。一週間から十日それまでずっと、この信金の各位から懐疑的な目で見られ続けるとなる精査なること、人の心を傷つけるかの刃の光をちらつかせるように感じられた。オレの姓が姉と違い田部井なので、そうなっていたのかも知れないと想われた。菊田はオレと実の兄弟ではないのに、それを証明する手段はなかった、戸籍上。その菊田、むつかしいかの表情をしてはいるが、何一言いわなかった。すると菊田、表紙をパンチしてある通帳をテェブルの上に出す。

「残高が記帳してある日からかなりの期日が経過しているが、金額に変わりはないのか」

「凍結してありますので、一円たりとも出し入れは不可能です」

「解りました。公共料金、家賃などすべてですね」

「勿論、そういうことです」

菊田、やはりオレを無言で視入り、メモ用紙を手渡す。ちらりと見ると、記帳残高の額と、それを折半にした数字が記してあり一目、端数はオレに加えてあった。そのようなことまで気がつかなかったし、几帳面さと抜け目のなさがしっかりと、手を結んでいた。

「ひょんなことに気づいたのですが、三多摩の、摩、と、多磨霊園の、磨、が、どうして違うのでしょうね」

うじゃうじゃする人いきれのする電車の中、そして大の大人が五人も雁首を揃えている室のなかも、全く同じようにさわさわしているだけの別々なことを考えているのか沈思をしていた。そうしていたいのか、そうするべきなのか解らないが、ポチャン、と水音のする小石を溜め池に投げ掛けて波紋ができるかどうか、面白がってみたくなったが一瞬、沈黙が首を竦めなおかつ、沈黙の影をしたがえたかに感じるから、余っ程自分に籠もることが好きなのか都合がよろしいのか平気なのか、なんでもないのか、面白くもない連中、とか想っていると菊田が、摩は、さする、すれる、なする、そのような意味もあるが、磨は、とぐ、みがく、そんな意味もあるらしく、霊園の墓石、石材店も多くあるので、石に因《ちな》んだのですかな、定かではありませんが、と言う。オレもみなと同じように目蓋を見ひらく。

「言われてみると確かに、手、と、石、の違いがありますね。しかし気が付かなかったし別段不思議にも想わないで付き合っていたようです」

役所の担当者、部下の若者は手帳を見たり天井を見上げる、かとすると担当者の横顔を凝と見詰めたりするのを繰り返すだけなので、何を考えているのか分からない。余談に口出ししない、が生活支援課のセオリィになっている、のやら。

「田部井さん、あんた多摩方面にまだいく日も足を運んでいないのに、目ざとい、な」

言い返す積もりはない、目ざとくもない、ただほんの少しだけこの場に淀む空気を、おちょくってみたくなっただけのこと。

「三多摩、それもこの周辺に居住する者の案外と灯台下暗しになっているかも知れません、な。もっとも多くの石材店の方々はちゃんと識っているのではないかと想うがね」

女子行員が来て戸籍などの原本を、ありがとうございました、と、うやうやしく頭を下げて返す。オレたちも書類に眼を通し署名捺印一仕事終える。菊田は今後某信金に取り引きするかどうか分からないが、オレは二度と来ることはない。

そう新しくはなさそうだが四階建ての建物群が両脇にずらりと立ち並ぶ団地、行けども行けどもの結構な広さで、巨大な銀杏並木の通りになっていて芽吹きの頃色あざやかさの中、この先を右に曲がると警察学校だとか菊田は呟くが、何処を走向しているのか分からないオレにそんなことを言っても無茶、もしかすると自分に言い聞かせているようにも想えた。

「五日市街道はアスファルトだったが、この通りなんか昔は砂利道で、おっきな穴ぽこだらけだった」

とも言うが、とても想像もできない。多分四、五十年は経っているビル群、その頃に出生した者が四、五十歳になっていることを誰が想像するか、である。

路地に曲がる。路地とはいえ花水木並木で、ちらほら咲き始めている木もある。この区域の広場らしきが有りマァケット、そしてその奥まったところに、がっしりとした管理事務所の建物がある。

運転席の若者は一早く車外に出るとフロントガラスのワイパァに、市生活支援課と書いた紙を挟む。

「その節は大変お世話になりました。菊田たみ子さんの縁者の方が見えて一言ご挨拶に伺いましたので、よろしくお願いします」

担当者との打ち合わせなど何一つなかったがこうした場合、成り行きに従わざるをえないが感じからすると、どうもこの事務員は姉の不慮の出来事に直接かかわってはいないようで、オレたちに、御愁傷様でした、と形ばかりに言った。

「郵便物はすべてこちらで管理して居られるのでしょうか。私、菊田と申します。たみ子の弟です。つきましては郵便物の引き渡しをおねがいしたいのですが」

オレには、深い意味はその時解らなかったが多分、銀行から引き落としのできなかった公共料金などの請求書が送られてきているのを確認する為の事ではないかと想う。だが後日分かったことだが菊田は、姉に所縁《ゆかり》のある者から連絡の有無を知りたかったらしいが、全く孤立した生活をしていたようだと、虚ろな視線を遠くに投げ掛けていた。オレ想うに、もしかしたら、隠し児でも居たのではないかの勘繰りでもしていたのではないか、の、気がした。菊田自身実の母親が戸籍に掲示されていなかったので、戸籍というものの何らかのからくりがなきにしもあらず、そう考えていたのやら、しらん。

役所の者二人に案内されて行くと、ちいさなジャングルジム、滑り台、ぶらんこ、鉄棒などのある誰も居ない児童公園を横切った眼の前の建物、その二階だった。

菊田、鍵を開けるように促されてねちこちしているその上の表札、妙な重量感の見え隠れするが何故かうら寂しさがオレの心に纏めりつく。オレも、その厚ぼったいかの鉄の扉の住人をしていた。

扉が開けられた。誰も居ない筈なのに、人の気配を感じさせられるのは何故だろう。小さな三和土《たたき》、ごちゃごちゃな下駄箱の上、傘《かさ》の入っていない傘立ての中に洒落た杖が一本、傘立ての金具につくねんとして寄り掛かっていた。三和土もそうだが土足で入れるようにか、ずっと通路にも新聞紙が敷き詰められている。八畳一間に台所、浴室。窓沿いにベッドが置かれ、窓明かりに向かうようになのか、ベッドを見詰めるようにか整理簞笥、その上に小さな仏壇が在る。アップライトピアノも有りその上に人形の入ったいくつかの硝子ケェスが置かれ、ベッドに横たわって観えるように、テレビがある。ベッドの枕許は押し入れ、長押《なげし》にはクリィニング店から帰ってきた儘のビニィル袋にくるまれた衣装が下げられていた。人形ケェスのある長押の上に聖書《バイブル》があった。

台所の流し台の中には、食事をした後始末をされていない器たちがゴロ寝をしていたので多分、ままごとごっこもどきの卓で食事をして、ベッドで寛いでいるうちに、なにかが起こったのだろうか……。

散乱している衣類や広告チラシ、家捜《やさが》しでもしたかのようになっているベッドの下、其処いら辺り、特定しようのない辺り一面から胸騒ぎのするような気配が、ざわつき忍び寄る感じがする。

担当者が新聞紙をがさつかせながら窓に寄りスチィルサッシを開けた。部屋の中に淀む空気の入れ替えをこころみる。そんな動作に見えたが、そうではなかった。

「われわれはスケジュゥルがありますので行かなくてはなりませんが、ちょっと此処に来ていただけませんか」

菊田が近寄る。

「芝生の向こうに駐車場があります。その右端にグレェのマーチが止めてあるでしょ、菊田たみ子さんの所有車になります」

そう言うと、遺品の扱いについて二人でよくよく相談、不用の物整理されるようなら、業者を紹介するので、支援課に連絡するように言い、あっさりと帰る。

「聖書がある、クリスチャンなのかな」

「僕の知る限りでは立教大学英文科を卆《で》て、あの頃通訳の仕事をしていると言った。立教なら聖書があっても不思議ではない、な」

ふうん、である。昭和十一年生まれの女性で大学を卒《で》ているなんてそうそう居ないと想う。もしかすると離縁した父親が教育資金を援助していたとも考えられる。なにしろ羽振りがよかったらしい話を母から聞いていた。

「ちょっと見とくれ、ダイヤル式の黒電話、今時このような物を使用しているとは随分な始末屋さんだったのか、な」

そう言って絶句。この部屋の有り様、質素そのものだった。この先一人で生きながらえるのに頼りになるのは、あやふやに移ろう人のこころなどではなかったのだろう。なのに生命とやらはなんとも身勝手なことをする。

菊田はいそいそ、そして恐る恐るの体で押し入れ、天袋の襖を開けて覗き見している。

オレは仏壇の中を見ていた。位牌が三柱在る。小さめなものは多分幼少期に亡くなった長女のものだろう。新しそうに見えるのは母親、もう一つは誰のものか分からないが、黄ばんでよれよれになった遺影がある。なのでもしかするとたみ子さんの祖母かもしれない。

「一通り、なんとなしに他人の手が入った、そのような気もする、な」

テレビ台の中にあるま新しそうな、たみ子さんの写真に見入っていると、整理箪笥の引き出しを探査していた菊田が言った。

「役所の者がきっと、警察官立ち会いのもとに一応調べたのでしょう」

そう答えたが、さてこれからどうしようか、である。しかしその前に、この部屋にある物の一つひとつが微かな息遣いをしているかの感覚を払拭しなくてはならなかったが、その気になれない。部屋が騒がしい、私のものに手をつけないで、そんな叫び声がするような気がしてならないから。

「もしかして、そのような感じがして車のキィをポケットに入れてきて正解だったな。車が動くかどうか試してみるか」

いそいそしく階段を下りて行くので、仕方なしに追随する。あっさりとエンジンは掛かる、静かな音がする。

「型は古いのに、まだ三千キロも走らない」

感嘆の声をあげる。通院の行き帰りだけに乗っていたのだな、とか呟いた。そして何故かいとおしげにハンドルを摩る姿があった。四十年もしくはそれ以上も前の歳月を想い出しながら、在りし日、若き日のたみ子さんを偲んでいるようにも見えた。すると、余所ごとのように言う。

「ピアノが問題、あれは専門の業者でなくては扱えない、お金が余計と要るな」

どういう神経をしているのだろう。感傷に浸っていると想いしや全く別の事を考えていた。オレなど、台所の流し台の中に放置してある器くらい、せめてオレの手で洗い食器棚に仕舞ってあげよう。そのくらいしか考えつかないでいたから。

「あんた、どこから手をつけるか分からないしその上、こころの整理もつかないので今日は止しにすまいか。それと今後はいちいち役所に行かなくとも用は足りそうなのでこれからは直接部屋に来ることにしよう。なにね、小金井駅からタクシィに乗り団地の名を告げれば、黙っていても連れてきてくれるし、ここまで来てうろうろしていればすぐに、分かるだろう。僕も次からは車検証を持ってくるので帰りは駅まで送れる。待ち合わせは朝九時に、な」

そう言って鍵を渡され、五日市街道なるところでタクシィをひろい、駅に。

一人になりとぼとぼしく歩いていると、たみ子さんのこと、今夜は夢にみそうな気がした。しかし実物には逢えていないし声を聴いたこともない。どのような姿形で夢で逢えるのか、なんとなくそわそわしい気持ちになってくる。免許証の写真と、この日テレビ台の中で観た姉の姿は、まるで別人であるかのすがすがしさ、活きている者の血の流れみたいなものが脳裏に焼きついていた。

あくる朝、時間に几帳面すぎるくらいの菊田が二十分過ぎでも姿を見せない。オレは、せっかちなのではないが少々早く着いたので上がり込む。静かだ、鉄の扉とコンクリィトの壁に世間と遮断され部屋の中は格別な静寂が佇むのは、オレの日常から自覚しているが、誰も居ないのに誰かが、ひょっこり、と現れそうな気配が漂う、そんな気がするのはどうしてだろう。姉が一人ぽつねんと遠いところへ旅立った。そんな意識が心の襞を擽るからだろうか。カァテンを引く。眩い光が差し込む。陽当たりの好い部屋。姉の横たわっていたベッドに一礼、とりあえず仏壇に手を合わせてから、流し台の中の食器たちを洗う。食器棚のなかは茶碗・皿、なにからなにまできちんと整列、前に倣えでもしているかのように見えた。きっと、オレみたいにざっくばらんな性格ではなかったのだろう、気がする。

どうしてもしなくてはならなかっただろう生活のリズム、その一端の手伝いをしてあげられたかな、の気持ち良さがある。

「おっ、もう来ていたのか、おはよ」

と菊田。管理人さんに何かと厄介をかけたので菓子折など届けてきたと言う。不調法、それは気がつかなかったが、そんな女のするようなことなど、考えつかない。

「ピアノを引き取ってくれる業者を探してみた。場合に依るとなにがしかで買い取るらしい。引き取ってくれるだけでも嬉しいのに、願ったり叶ったりになるなんて」

と、にっこり。

「たみ子さん、ピアノを奏でたのですか」

「失敬なことを言ってはいけない。弾く音を聞いたことはないが若かりし頃、クラシック音楽を聴くのが趣味と言い、ルビンシュタインのピアノでリスト・ショパンを聴くのが好きだったらしい」

言われてみると、そうだ。一間《ひとま》しかない部屋に、このように馬鹿でかい物を装飾品として置く訳がない。

仏壇の中のものは、業者も扱うのを厭がるので、菊田のところでは奥さんの位牌しかないから、やがて、たみ子さんの位牌をこしらえなくてはならないし、まとめてお守りをすると言う。

「ただし、戒名代は折半、な」

と、急に生真面目な表情になる。この男、オレより三歳ばかり上なだけなのに、オレの考えていないことをしようとする。奥さんを亡くし現在一人暮らし、オレの経験したことのないところから何かを学習したのか、持って生まれた人なりきなのか、解らない。

「テレビ台の中にあるスナップ写真、記念に貰ってもいいですか」

「いいとも。天袋のなかにも学生時代のアルバムが山になっている。それもどうかな」

あなたは要らないのですか、そう尋ねると、僕が死んだら、息子や孫たちが見ても、どこのどなたかも解らないから、柩の中に入れてもくれない、なので処理してもらう、と言う。菊田は大きなビニィル袋を手提げに入れて持ってきて、衣類や下着など業者への辱めにならないよう詰めて置きたいという。そして、記念になると思し召《おぼめ》す物は別にして置き持ち帰るようにとも加え、僕は位牌以外の物は一切要らない。結局役所に連絡、生活支援課に出入りする整理業者を紹介してもらい、一日か二日かかるか分からないが、その日は二人して立ち会うことにする。

菊田たみ子さん多分一人でずっと、何人《なんびと》も招き入れたことのないささやかな牙城に、どたどたと土足で入り込まれることを想うと遣る瀬ないものがあるが、主亡き後、いたし方ないことである。

帰りしな二人して部屋に一礼、ごめんね、そう心にささやいた声が、姉さんに届いたかどうか分からない。

「あんた、僕のところに寄ってみるか、な。よろしかったら一杯呑んで泊まるもよし」

菊田ハンドルを握りじっと前方を視入った儘いう。考えることは何もなかった。

「まだ仕事は始められたばかり。遺品の整理を終え、ピアノのこともあり、部屋を入居当時にしてお返ししなくてはなりません。せめてその段階一区切りにならないと、気が落ち着きません」

やはり、フロント硝子を見詰めた儘言う。

「そう、な。しかしもう峠は見えたようなものではないかな」

応えられなかった。遺骨のこともある。埋葬のこともあり、何処に埋葬するのかも話し合ってはいなかった。それがまずこの相続の一番の仕事だと、オレ的に考えていた。

車は現在どこを走行しているのか見当もつかない。そんな頼りないかのオレも同行していて、もしも今が夢であるのなら、放置されていても目が覚めればなんとかなるが、そうはいかない、妙な相続は始まったばかりなのだ。

「大変ですね。お引っ越し、まだ当分かかるのかしら、ね」

家内は何故か解らないが、お引っ越し、そう表現する。後始末、とは切なくて言いきれなくてお引っ越しにしたのだと解釈するが、何処へ引っ越すのかと問い質《ただ》すことはできなかった。もしかするとあの荷物、姉さんの魂の許に運ばれて行くのやら、しらん。

「大雑把に今日で空き部屋にした。荷物が無くなったらさわさしいかの気配も消えて、つぅん、と耳鳴りのする静寂が立ち込めた。オレたちはただ、作業を見ているだけだったが業者さんたち、其処に死体が横たわっていたのを知らされていただろうに、厭な顔ひとつ見せないで懸命に作業に邁進、感謝しかなかった」

「きっと仕事として割り切っているのでしょうね。あなたたち、こころづけを差し上げたのでしょうね」

げっ、である。この国には、こころづけ、なる仕来たりのあることをすっかりと忘れていた。あの菊田も葬祭の時でさえ、セレモニィセンタァの係員、霊柩車の運転手にもその件については曖気にも出さなかった。まさか、しらばっくれていたなんて考えられないが、済んでしまったことは仕方ない。どうなるか分からないがまだ終わってはいない、埋葬のことがある、こころしておこう。

「そうだ車のことなんだがね、ガソリン代も値上げになるし、もしもの時は相棒の車で用が足りるので去年の暮れに廃車にしたのだが、この四月から自転車に乗るのにもヘルメットが要るので、努力義務なのだが買い物に行くのにもびくびくしているらしい。で、庭の駐車スペェスは二台分あるので息子さんたちがひょっこりやってきてもなんとかなるから、彼が乗るという」

「えっ、では、あげてしまうのですか」

突如、目付きを変え唇を尖らせる。オレ的には姉さんが大切にしていた形見、人手に渡るより余程いいと想い、それ以上のことは考えてもいなかった。が、家内の眼を見ると、それを説得するのも半信半疑になる。

「部屋の整理、住宅クリィニング費、これは結構かかりそうに想う、素人には判らないが、なにしろ三十年近く居住していたようだ。それに部屋代、駐車場、諸々の公共料金などすべて合算すると大変な額になりそうだが、連絡先は菊田さん宛にしてある。そ、いちいちオレの電車賃まで折半にすることになっているのだ」

「えっ?!　厳格ですこと。あなた全部記憶して居るのですか」

「手帳に書き記してある。それらを逐一出したところで車のことを伺ってみる」

今から多少気後れしないでもない想いがあるが、この際これだけ言えば文句はないだろう。オレ、嘘は何一つ言ってない。

「銀行、注意していてくれ、振り込みがあったら教えてくれ」

表札も外され鉄扉はペンキの塗り替え、作り付けの台所の流し台の上にある食器棚もぴかぴかの水色、部屋は見違えるくらいきれいになるが、妙なうら寂しさがある。

たみ子さんの微妙なさわさわしいかなの感じも、ピアノ、テレビ、ベッド、冷蔵庫、そして長押に下げられていた衣服などと一緒くたに、何処かへ消えてしまい、抜け殻の名残さえなかった。

「すっかりと変わった、な。今度はどのような方が入居するのやら」

菊田は、オレと共通する何かがあったのか、ノスタルジィを感じさせる言動をする。

「なんだか、な。素面《しらふ》では家に帰れない、そんな心境。どうな、小金井で一杯やっていかまいか。かみさんの居なくなったときと似たような感じがしてならない」

寂しいとは言わないが、そんな想いがそこはかとなく伝わってくる。

「車があるので、そうもいかないでしょ」

「なにね、代行車がある」

小金井駅前、裸婦の彫刻像の有るロォタリィから少々行くとコイン駐車が有り停めて、デパァトだかビルの間から呑んべ横町らしい暮色の彷徨い始めたかの路地裏に入る。暗くなるとキンキラ色彩の灯の下、ほろ酔い気分の輩がそぞろぎそうだが、まだ人出はまばら。

三階建てのビルの一階におっきな赤提灯が下がっているが、明かりは点いていない。

「昔は、な、掘っ建て小屋だった。終戦直後のバラックで小母《おば》んが女の児二人を抱えて細々と始めたらしく、僕が通い始めたころはその子が看板娘をしていて二つ三つ歳上、可愛い娘で、みよちゃん、と言い、よしこさんという上の娘は早くにお嫁に行って店にはめったに顔を出さず、二、三度見たくらいだが、たみ子さんと同じ年だったようだ。僕が出入りしたころ小母んは初老で客からは、おかぁちゃんと親しまれてな、世話になった。しかしもう亡くなられて今は、みよちゃんが跡を継ぎそのみよちゃん今では、白髪頭の婆さんになってもた、な」

回想しいしいなのか、無理矢理辻褄を合わせているのか、すんなり受け入れ難いところあり、頷ききれなかった。

赤提灯に明かりがともる。

「ほれ、この角から五十メェトルくらいのところで、間借りをしていたんだ、な」

洋服の上に割烹着姿の小母んが暖簾を出した。菊田、のっそりと近寄ると、いいかな、と馴れ馴れしい声を発する。

「どうぞぉ」

ちらりと一見、半ば客あしらいの仕種をされるが堂々と立ち入るから、その後ろの影のように列なる。同じ料金を支払うのだから腰巾着であるがごとくにこそこそすることはないが、弟分であることくらい弁《わきま》えている。

カウンタァの席と畳の席が有り後ろから、不愛想な割烹着から、お客さんどちらの席になさいます。と声を掛けられると、菊田は有無もなく椅子に腰を下ろす。

「座敷は膝が疲れる、カウンタァの方が楽」

そう言うと、昔は常連ではないと座敷に行けなかった、と呟いた。

ずんぐりむっくり、白髪頭が着物姿に割烹着姿で、つたつたとやってくる。

「暫くじゃないか、よく生きてたな、まだなにか、つまらないもの書いとるのか」

「御挨拶だな」

？　……？

さっさと焼酎のお湯割りを拵え菊田の手許に置くと、

「こちらさまは？」

同じものでいい、な。とオレをちらり見、

「僕の兄弟」

「へ、その歳になり兄弟ができたのか」

「三歳下の弟、元々から居たのに事情があり会う機会がなかった」

「訳有りの姉さんも居るだろ、もの書きの端くれにとっちゃ種《ねた》は尽きそうにない。君は運のいい男だ」

？　……？

二人ともどうしてなのか分からないが視線を交わすこともなく会話をする。むしろ意図的にそうしているかに見えた。

菊田の言っていた煮込みなるものだ、オレの前にも出された。

「あんた、な、美味しいぞ。これ余所のものとは一味違う」

表面が七味で赤くなるくらいに振りかけると、その一層濃く赤く深まったところに、そっと箸を入れた。

「みよちゃん暫く見ないうちに、おかぁちゃんに似てきたな」

「老けたと言いたいのか。歳を重ねりゃ親と子のこと似たようなものになる。去年三十三回忌をしてあげた、妙なことだ、憶い出してくれたのか、君らしい」

「もうそんなになるのか」

「居なくなったわけじゃない。仏壇の中に鎮座してる、後で手を合わせな」

やはり見詰め合うこともなく、ぶつぶつと独り言のように呟き合うから、オレは此処に居ない方がよろしと察し、家に電話をしてくる、と外に出る。すっかりと夜の帷《とばり》が下り、通りにはネオンの花が咲きほこるが、コロナ禍の影響が尾を引いているのか人通りもまばら、虚ろな寂しさがネオンの色にも見え隠れする。東京とは言うが三多摩の片田舎、これが通常なのか、しらん。

　店に客が入らなかったし、戻ると菊田も婆様の姿もなかった。代わりに小母んがカウンタァの中に居、手水場に行きました、そっけなく言った。婆様を想い出していた。第一印象、感情の起伏を表に出そうとしない能面を想わせた。

「この場所は？」

「住所？　小金井市本町、番地は知りません。ここに住んで居りませんので」

小母ん、婆様に教育されたのか影響を受けていたのか、突っ慳貪に答えた。

「いらっしゃいませ」

　勤め帰り風の者ではなく普段着の三人連れがやってきたかと想うと、すたすたと座敷に上がり込み、何時ものやつ、そう言うから常連客なのだろう。みよちゃんは、と、もう一人の男の声がする。

「お客様が見えて、お部屋、呼んでまいりましょうか」

　否の手でも振ったのだろか見えないが、返答は聞こえない。どうも、菊田の顔馴染みが寄り集まってきそうな予感がするので、野暮用ができたので先に帰ると伝えて下さい、と、席を立った。うかうかすると泊まることにでもなりかねないので、ごちそうさま、失礼します、と後ろ姿に言わせる。

帰りの路々、電車に揺られながらも、もの書きの端くれ、とは、菊田という男、過去にどのような経緯があったのだろう。現在は住宅リフォムみたいなことに携わっているようなことをほのめかしていたが、昔を溯ることも叶わぬ者と会い日も浅いが故に、解らないことばかりだった。

たみ子さんのピアノは、とても買い取り価格をつけようもないが無料で引き取ってくれることになったし、遺品の整理も住宅クリィニングなど諸々も、生活支援課に出入りしている業者だからなのか、良心的費用で仕事をしてくれた、と、菊田は褒めちぎった。なんらかの知識があったからだろうか。名刺など貰っておいたと、ほくそえむ。公共料金、駐車場、部屋代などすべて精算、黒電話は借り物になっていたので取り外して管理人室に届けて置けば都合のいい日に取りに行く、そんな手筈になり、役所のからむことは終わる。

「まだ大切な大仕事が残っているが、生活支援課に報告に行き、僕のところでいい酒を呑みたい、な」

「そう、いたしますか」

一日がひと頃よりかなり伸びてまだ陽も高いが、肩の荷が下り身が軽くなる、そんな気もするのでこころよく頷く。

庭の一部が駐車場になっている古めかしい家で、玄関先に黄色いフレェムのママチャリがあり、ヘルメットがビニィル袋に入れられて前籠の中。引き戸を開けるとすぐに、今帰ったよ、と、誰かに語り掛けるかの声を発するから、一人暮らしをしていると聞いていたので、ささやかな不思議と違和感にさいなまれるが、その声になんともさりげないかのひびきがあるので多分、帰宅したときのならわしなのだろう。

広い部屋に炬燵テェブルがあり巨大な本棚、出窓には奥さん、そして孫の写真らしきとデンドロビュムの鉢植えがピンクの花を咲かせていて、システムキッチンの前には食器戸棚が二台、そして冷蔵庫がある。

「どこにでも好きなところに座りたまえ。スイッチを入れた、じきに暖かくなる。何もないけど、な、仕度する」

そう言いながらごそごそ。

「電気代が随分と高くなり、この冬はエアコン暖房は一度もしない。僕は下町のナポレオンしか呑まない。それでいいな、そうしよう。息子や孫たちもコロナが蔓延し始めてから来ない。偶に来ても上がらない。ええと、サラミ、チィズ、ブロッコリ、と、トマト、春キャベツ、そうなんだ、感染させるのが怖いから、五歳の孫までがマスクを二重にしてきたりする。マヨネェズとドレッシングどっちにする、そうか、好きな方にするといい」

　ぶつぶつ、ごそごそ、なにかしら考えながらしているだろうから、手出しをすまいと決め込むのは、初めて訪れた家、亡くなられた奥さんに叱られそうな気もする。と、よくぞそこに気づいたオレ。

「ちょっとよろしいですか、お仏壇はどこにあるのですか、手を合わせさせて下さい」

「家《うち》は孫は男児二人、来てくれると嬉しやかましなのだが、それがないのも寂しい。こちらです。どうぞ」

　襖を開けると板の間《フローリング》に安っぽいカァペットが敷き詰められていて、どっしり縦ながの仏壇が桐の箪笥と洋服箪笥の間に、一見異端者みたいな素振りをしていた。

　立った儘合掌できることは好いことで仏壇のなかはひろく二段になって居り、金屏風を背に幾つかの位牌がありその下、梵字《ぼんじ》のある真新しい位牌のかたわらに、きらきら布に被われた白木の箱がひときわ存在感を放ち鎮座していた。たみ子さんだ。セレモニィセンタァから引き取ってきたことをどうして、知らせてくれなかったのだろう。これから先のことも相談しなくてはならないが一言あれば、其処いら辺の呑み屋になど行かず手を合わせに来れたのに、残念至極。

開け放たれた間仕切り障子のところに小さな板の間の部屋があり、その向こうの庭が見えた。多分仏壇から外の景色が見えるよう企んだのに違いない。言いたかないがオレの仏壇はちっぽけだが窓越しに、東京の空と街並みが一望することができる。

「部屋がいくつもあるのですね」

「四人で生活をしていて手挟に感じることもあった、な。庭の見える部屋は書斎、今はここが暮らしの場。二階に二間有るが息子たちが居たが、かみさんと僕の寝室になってる。ハムステェキをレンヂしている、チンが鳴ったら始めよう。本当はフライパンでソテェした方が美味しいが、焼いたり炒める、揚げたりはしない。後始末が大変なこと、それにそこいら中が臭くなるのにはとても堪え難い、な」

横着なだけ、と想う。換気扇をビュンビュンと回せばなんとかなるだろうに、だが、秋刀魚だの鯖を焼いた時の臭いはしつこく、オレも閉口することしきり。それと冬の寒い日に換気扇を回されると、震え上がる。

「それでは、たみ子さんに献盃」

まだ陽は高いが、ささやかしい宴の始まりとなる。差しつ差されつはなし、勝手気儘にやろうということになり、お湯ポットと焼酎は卓の上に置かれた。

「たみ子さんの乗っていた車、走行距離はしれたものだったがな、何しろ型が古いものなので修理工場に持って行くと、エンジンを脱着する大掛かりなことになり、費用も日数もかかるので、どうします、と言われたな。どういう訳なのか初めて動かしたときから乗りやすさを感じたことと形見にもなるので手放す気もなかったので、おねがいした。四、五日かかると言われた。よしその間に、お骨を引き取りに行ったり、かみさんの時に世話になった僧侶と行き来《き》があるので、理由《わけ》を話し戒名をさずけてもらうことになった、な」

「あの写真は奥様と、その隣にあるのは、もしかして若かりし日の姉さんですか」

どのようにしてその一枚を入手したのか分からないし、バレリィナのような姿格好をした白黒の一枚を姉さんに仕立てたのは、ほぼ直感で、免許証のものとは似ても似つかないが、そっと持ち帰ってきたものの中での一枚には俤《おもかげ》が忍んでいたのかもしれない。

「そ、よく分かったな。学生のころホオムスティだかなにかしていた一枚らしい、な」

菊田、それから奥様のママチャリの後ろに座布団を括りつけてゴム紐を持ち、セレモニィセンタァへの道の行き来の話。

「なにね、行きしなはかっとばせば僕でさえ十五分もあれば着くと想うから鼻唄混じりで余裕だったのだがね、いざ骨壺を受け取り荷台の座布団の上に括り付けようとするのだが、荷台が小さいのでどうにも据わりが悪い。紐で幾重にも括るのだが、どうもアンバランスな感じで、自転車が傾ぐと壺が転げ落ちる、そんな気がするんだな。案外と重いものだからかそれとも、骨の意志で桐の箱など度外視してコロン、と勝手にすっとび出してしまう、そんな感じがするんだ、な。恐ろしいものだ、かさかさに焼かれた人の骨の果てなのに、生きていたときの意地を頑なに引き摺っているようなそんな感じがしてくるんだな。お互いに凝と見詰め合っていても埒《らち》が明かないから、そろりそろり押し歩きを始めるのだが、なんとしたことか人一人荷台に跨がる、そんな感じで左右に振られるようなあやふやになるんだな。たみ子さん、頼むからいい子にしといておくれ、でないと何時になったら家に着くのか分からなくなるよ、そう言うと余計に車体をふらつかせる。行き交う者たちが不思議そうに僕らを見るがしかし、子供らは普通になにげなく通り過ぎていた。そんな風に見えた。たみ子さんも僕もなにかに憑かれるように散々に生きてきた者どうし、見えない力で引き合ったり押し合ったりしているのか、な。そんな怪しげな感じになったりする。けどな、なるべく自転車の垂直を保ちながらてくてく押し歩くことは殊の外難儀でな、何遍も立ち停まっては御機嫌をうかがうと、生まれてから一度たりとも自転車なるもの端たなくて乗ったことがない、そんなささやきが聞こえてくるんだ、な。しかし僕もこの時くらい老い耄《おいぼ》れて体力のなくなったことを思い知らされたことはなかった、な。もしかすると家に着いた途端におさらばグドバイしてしまいそうな危惧を感じて、ふと考えた。きょうび、自転車の荷台に座布団を敷いて骨壺を括り付けて、うろうろしている輩がどこに居るか、の奇怪しきと哀しさが込み上げてくる。もしも警察官になど出喰わして職務質問されたなら何と応えよう、まさか、ピィポォピィポォとサイレンを鳴らして先導する。そんな粋なことしてくれるかな、なんて、半分真面目に考えたりしたな。だってそうだろ、死にかけている者を見たら普通、無視できないだろ。もしかして自転車、傾げて走るのはむずかしいが垂直にして走行するのは当たり前、だろ？　で、びくびくしながら跨がり両脚立ちしてから思い切ってペダルを踏む。初めおたおたハンドルをしていたがなにね、走り始めると楽ちん楽ちん、これならパトカァの先導も、あり、と想った、な。ところが、だ、人生好いことばかりではなかった。栄町から芋《いも》窪《くぼ》街道に出るのに細い砂利道があってね、そろォりそろォりペダルを踏むのに偶々震動が激しくなったりすると、骨壺の蓋が叫ぶような音を発《た》てることがあるんだ、な。これには参ったな。たみ子さんが、お前《まい》さんお願いだからも少し静かに走っておくれではないかい、そんな声に感じるから、両脚立ちして停まりゴメンゴメンとへこへこ、そしてまた押し歩きにすると静かぁになるのさ。ほっとして溜め息。しかしね、あんた、とても解らないだろうけど、押し歩きは本当くたびれる、な。荷台に妙な重量感がある。骨壺が在るので力の限りの細心さが必要、そんな過重な意識がそうさせるのとは違う、ずしりとする妙な重さがあるんだな。芋窪街道に出て、車道など恐ろしくて走れないので歩道を走っていると運悪く道のへこみを通過すると、ギャッ、と、たみ子さん悲鳴に近い声を挙げて、お前《まい》さん、と涙声を零したりするから、その都度、カンニンね、と声を潜めてそれでも、押し歩きをするのは辛くて出来そうになかった。終いには生きている者最優先、そう居直るしかなかったが妙なことに、強気になるとスムウスに走行する道が続くものなんだ、な。立川、昭和記念公園の手前で信号待ちをしていると、じろじろする多くの視線を感じるので、見て見ぬ振りをして目ん玉で見返すと、視線の眼は僕にではなく荷台のたみ子さんであることがすぐに分かるが、たみ子さんに三秒僕に一秒、その一秒は不思議がられること、訝しがられること、罰当たりと警《いまし》めの目だった。なにも知らないくせに大きなお世話だとあらがうが、骨となっても人の名残、その存在感は僕などより遥かに大きなことを想い知らされたよ。何人もおさらばグドバイするのは自然の摂理、身につまされる感覚は、生きているものからは伝わらないのだな。昭和記念公園の脇道を時々、ガタガタ、とか骨壺の蓋を鳴らしながら平然とペダルを踏む。慣れというのは注意こそしていても大雑把になること、繊細さがそこなわれることになるのだが、そんな時に魔がさすことが往々にしてあるんだな。起こってから僕も度肝を抜かれる想いをする。それまで踏切の警報音がやかましいくらいに喚きちらしていたのに、轟音とともに列車が通過して遮断機が上がるものだからその方ばかりに気をとられて、路肩の切れ目のわずか手前から道路の横断にかかってしまったので、前輪は大層な衝撃を感じなかったのだが、しまった、そう想ったときすでに遅くでね、ぐわっちゃぁん、心臓が空高くすっとんで行かんばかりのけたたましい響きがするではないか。ややもすると骨壺、もしかすると蓋までも破損したかの最悪の事態を想定しなくてはならなかった。さぁどうする、である。あんたなら、どうする？」

「……」

答えようがないのはそのような情況がオレには遭遇する可能性が考えられなかった。

「な、まさか壊れた骨壺の儘唐櫃《かろうと》に納めることなどできる筈がないので、セレモニィセンタァに連絡、理由をのべて新しい物を購入し名前を書いてもらうしかない。僕としたことが、と落ち込みしょぼくれて、半分死《ほど》にかかっているそんな気持ちで家に着いた。だってそうだろう、あんた。道々紐を解いて調べてみることなどできないよ、な。たみ子さんに叱られるばかりか道端にて骨に嚙みつかれる」

菊田、その際のいたたまらなかった心のあり様を蘇らせたのだろう、虚ろなり、そんな眼差しをする。

「で、それから如何されたのですか」

「凝《じ》っと耳をそばだてながらペダルを踏んだが意地悪なもので、たみ子さん怒り心頭に発しているのか声も、壊れただろう壺の破片の音さえ出してくれないから、カンニンなゴメンなと家に着くまで語り続けたよ。もうくたくたになっていて、ただいまも言えず、かみさんに、とんでもないことをしでかしてしまった、そう呟いて、そそくさと白木の箱の蓋を正直、泪ぐみながら開けなくてはならなかった。痛かったでしょう。非道いことをして御免なさいね、それだけ言うので精一杯だった」

菊田、奇跡と不条理は僕には不釣り合い、むしろ有り得ないこと、そう言ってからオレを見詰める瞳が微かにうるんでいるのを見た。で、そうなっていることが自然の成り行き在り来たり、想定どおりに眼を覆いたくなる状況になっていたとしてもまた、成り行きでしかないことで、あんた、神様のいたずらなどないんだな、と、うるうる眼をしばたたかせながら言った。

「生きることも死することも、努力した、しないにかかわらず、その者の運の良し悪しにもかかわらず、一歩一歩の大切、お粗末にもかかわらずそれぞれ斯く斯くしかじかでも、やがて消えて無くなる。たみ子さんの骨、壺に納められた時とは大分に様相が変わったかに見えたがね、凝と見詰めていると、お前《まい》さんそんなもんね、と、かさかさな骨のささやきを返された感じがした、な」

　なぁんでィ、である。けれども骨壺が壊れなくてよかったですね、とは何故かしらこざかしいかの言動、そんな気がして言えない。同時に、どうして遺骨を引き取りに行った事を教えてくれなかったのかとも訊くことができなかった。というのも桐の箱を自転車の荷台に載せて持って帰る。そのバイタリティが考えつかなかった。空恐ろしい。もしかするとオレにも、その血の一端が混じり込んでいたとするとなんとするか。否、である。オレはオレでしかない。血もルゥツもへったくれもない、なかった。

　その日、相続にかかった各々の費用の精算をするが最後まで議題に上がらなかった車のこと、喉元にまで出掛かっていたところ。

「あんたね、マーチのことなのだが修理工場の方に尋ねてみると、中古車の店頭に出ると二、三十万円くらいだという。なので僕がその価格で引き取ろうと思うが、どうかね」

　と、いう。外観からすると程度が良かったから、たみ子さんが大切に乗っていた、そんな想いを込めて少々がっかりするが、専門家の意見を訊いたらしいので仕方ないかと想いもする。

「修理に十三万かかったがね。しかし、それは僕が勝手にしたこと、買い取り値から差し引くなんてせこいことはしない。運転できる限り大切にする」

菊田はオレの承諾を得る前からすでに私物化していた。それが少々気に入らないが、いちゃもんをつける積もりもなかった。形見として大事にしてくれるだろうこともさることながら、相続に関する諸々の費用を立て替えてくれたし、遺骨を引き取ってきてくれた。気苦労もあっただろう、お世話をかけた、言葉では表しきれない感謝の気持ち、良識的に考えても頭が下がる。足しげく三多摩くんだりまでやって来てはいたが、オレが出した金は行き来の電車賃くらいのもの、かけた手間暇にしても、とてもちゃらにはできないだろう。

「静かなところですね、隣近所からの音もしない」

「おぅ、歩いて二、三分で多摩川堤。このすこし上流から鯨の骨がみつかって、な。昭島鯨という。つまらないしなんにもないところ。ここに越してくる前は国分寺恋ヶ窪駅の近くでなにかにつけて便利なところに居たので、かみさんを言いくるめるのに苦労した。なにしろ予算がなかったからな」

と、ニヤつく。需要と供給のバランスで都心に近くなればなるほど地価は高くなり、遠くなるとなるほど安価になり、この場所くらいがせいぜいで手が出せたともいう。

「山並みがかなり間近になっているようですが、そのようなところで鯨の骨が見つかったのですかね」

「あんた、それはひとしく奇怪《おか》しな考えではではないかな。海辺にはその近くにかならず山が在るな。学者ではないから生態系を調べたことはないがね」

ふうん、である。論じ合う積もりはなかった。千年万年前のことなど解る筈がなくその昔、途轍もない大津波が発生、辺り一面海水びたしとなりその状態が数年間つづいて鯨、うっかりと迷い込んだのやら、しらん。

「東京湾までどのくらいの距離があるのですが、この辺から」

「四十三キロくらいのものになるか、な」

らしい。とすると海水に異変が起こったりすると、そんなこともありかな、と想う。

「ま、コロナ禍のこともあり都心の方には暫く出掛けていないかな、かみさんはスカイツリーが完成する僅か前に逝《い》ってしまってね、出来上がったら一緒に観に行こうと楽しみにしていたのに、ちっさな夢も叶わなかったよ。いくらかこころに落ち着きが出てきてね、遺影を胸に観に連れて行こう想っていたら、コロナになってしまった。

そして今また感染者が増加し始めていて、第八波を上まわる感染者になりかねない危うさがあるらしい。僕は、死にたくない訳ではないが、コロナにだけはどうあっても感染したくない、そんなあやふやがある。躰中に細いビニィル管を巻きつけられて喘ぎ苦しみながら死にたくない意気地なしなだけなんだが、な、それでもコロナに感染したくない、そんな矛盾とかいう命根性を引き摺ってるのかな」

遠くを見遣る目をした。

「それでは折をみてオレのところにいらっしゃいませんか、お二人で。窓からスカイツリーも東京タワーも見えます」

「そうかね」

そう呟くが即答ではなかった。一度《ひとたび》生を受け滅せぬもののあるべきか、などと理屈では解るが、新型コロナウィルス感染症にびびっていたのだ。オレも、都心になど出て行ったものだからコロナに感染した、とか、もしかして言われかねないこと、なきにしもあらずなので、二度言いたくなかった。

「たみ子さんの遺骨のことなのですが、まだ家内とは煮詰めた話にはなっていないのですが、菊田さんが了承して下さるならオレの墓所に埋葬してあげたいと想うのですが、如何なものでしょう。勿論そうなれば家内には膝詰め談判してでも、納得させせます」

「そのことなんだがね、たみ子さんの部屋には仏壇があり位牌もあったでしょ、どうも何処かにお墓がある、そんな感じがする、な。きちんとしっかり生きていた方なので、あっぱらぱぁではない。もう少し調べてみようではないか」

そう言うが、誰がお墓のことなど知っているというのだ。市の生活支援課に尋ねてみるのだろうか。しかし墓のことなど一切口にしなかった。オレにとってまさに雲を摑《つか》むようなことでもある。

菊田も、まず役所と言い何らかの手掛かりがありそうだと言い、もう一つは取引銀行、たみ子さんは公共料金すべて振り込みにしてあったと言い、どこに、いくら振り込みがあったのかきちんと調べていなかった、と。やおら？　はてなの目で見詰められた。するとひらめきがあったかの、眼。そそくさと仏壇に行き屈むと、扉をひらいてごそごそ、そして手にしてきた物はパンチ穴のしてある通帳だった。

老眼鏡、そしてルゥペ、見逃すまいの気迫が一丸となっている、そんな仕種が伝わってくる。そんなにもむきになることもないのにと想うが、余計な口出しのできる雰囲気ではないが、オレまでピリピリ神経を磨《す》り減らすことはないと、冷たくなった焼酎のお湯割りを一口、前歯でチィズを齧る。

「ん、やすらぎ石材店、三万円、十二月十日と、あるな、どういうことだろう、石材店というとあんた、お墓を連想しないか、何処《どこ》に所在するのだろう？」

いつもこんなものを食しているのか、ん、まいチィズだ、そう感じ入っていたところなので、ぴちゃっ、と唇を鳴らす。

「やはり菊田の家の墓を持っているようですかね」

応答はなかった。墓と関係ありそうな感じはするものの確認できないのだろう。通帳とは普通気がつきにくいもの、オレなんかとは目の付けどころが違う。が、目ん玉、老眼鏡、ルゥぺが一体となり喰い入るように視入っている姿に執念深さを感じた。

「あった、ぞ、これだ」

地鳴りを想わせるかの低い野太い声がひびいた。オレ、固唾をのむ。神経を尖らせる。

「霊園管理費、九千七百円、八月三日、とある、やはり墓を持っていた。が何処の霊園なのだろう。しかしこの金額では民間の公園墓地ではない、な。僕のところなど畳一枚にも満たないのに年三万円もかかる」

「オレの墓所は八柱霊園に有るのですが、畳六枚分くらい、一万円未満のような気がしますね、千葉の松戸の近くですが、家から二十五分もかからない」

「明日にでも行って確かめてみよう。生活支援課のあるところ、住居であった団地など、僕の勘が当たるとぴったりのところがある」

　菊田はオレのことなど眼中にない。したがって、当てがあるのですか、と訊くのも癪に障る。オレの気持ちやら意見もどうなることやら、少しでも姉さんの役にたちたいし、菊田の負担を楽にしてやりたい、三人の異母姉弟なのだけれども啀み合うことなどなく終わりたかった。市の生活支援課からの一通の知らせがことのきっかけとなり、邂逅《かいこう》とも言えるめぐり合わせになった。オレも菊田もそのことがなければ恐らく自発的になど、調査をしてみようなどと、おこがましくて出来なかっただろうの儘、消えて無くなっていた。折角なので大切にしたいし、いい付き合いになら今後とも続けたい、姉たみ子さんを囲んで、と想う。相手があるのでどうなるか分からないが妥協も、仲良く活きる術と考えるのなら捨てたものでもない。

「ずっと注意をしていたのですが、随分と日にちが経ちましたがやっと、振り込みがありました。このような桁の数字がわたしたちの通帳に記されるの、初めてのことです」

　目をくりくりさせながら微かにうるむかの瞳を輝かせて言った。なんとか活きる為の努力をしてきたが甲斐性なしだったのかな、とか、ちょっぴりの余裕がうろちょろしそうな心が言わしめた。しかしまだすべてが我が家のものになった訳ではなく、相続にかかる費用の折半はこれからである。

「菊田さんに姉さんのお骨、オレの墓に埋葬したいと提案した。自分の都合を言うのもなんだが、八柱霊園なら近くていい。なにしろ三多摩たるや遠すぎる。そしたらな、姉さん、お墓を持っていた。菊田さんも持っているので、さあどうなるのか厄介なことになりそうなのだがところが、姉さんの墓所が何処にあるのか解らない。一両日くらいのうちに調べて判明したなら知らせてくれることになっているが、どうなるのかなぁ。菊田さんの墓所は畳一枚くらいで、多摩ニュータウンとかいうところの先にあるらしい」

「あなたがそうおっしゃるのでしたら、わたし従います。でも前に言ったと想うのですが石の下、賑わいそうですね」

よし、決まりだ、この話オレの意見を推しすすめてみることにする。

菊田、小平にある霊園をつきとめて事務所の扉を叩くと懇切丁寧な説明があり、墓を継続する場合には名義変更が必要となり、その者の戸籍謄本、それと現名義人の戸籍謄本の原本、その者が亡くなられて埋葬する場合は死亡証明及び埋葬許可証がなくてはならないこと、また、墓仕舞いをして永代供養にする場合、埋葬されている者の戸籍謄本も要るという。もしも墓仕舞いをする場合、石材店を紹介すると言われて尋ねてみると、通帳に記されていた。やすらぎ石材店で、所有する墓地十四平方メエトル有りで、墓仕舞いをする場合の相場が平米十万円なので諸費用合計すると百七十万円程かかると言われたらしい。

「僕の墓たるやなにしろ遠すぎる。車の運転がおぼつかなくなったら、かみさんに会いに行くことすらできなくなる。小平の墓ならよたよたしながらでも電車を乗り継ぎ行くことができる。なので僕の墓仕舞いをして、かみさん、たみ子さん、たみ子さんの母親もともども供養することができる。息子たちも、お父さんの血筋の者なら他人ではないからと言ってくれた、どうかね、あんた」

むかっ腹が立つ。車の時と全く同じ一人よがり、オレの意見などないがしろにして勝手に段取りをして、あんたどうかね、もあったものではない。一人暮らしが長くなると自分の生き様がすべて、よかばってん、になってしまうのだろうか。暫く口もきたくない心境となり、ぶすっ、と、していると。

「もともとはたみ子さんの母が建立した墓でな、月に一度の清掃と献花は石屋さんに頼みこざっぱりはしているが、柵も囲いもない広いばかりの古めかしい墓地でね　寂しさが胸に忍び寄るかの感じがするものだから、草が生えにくくしたり、棚を作り、小さな石灯籠を置いたり、僕の墓石を移したり、新たに墓碑を立てたりすると、僕の墓仕舞いの費用を含めると五百万くらいかかる、な」

げっ、である。勝手に段取りをしよってからに、の一言をそっと呑み込まなくてはならない。そんな気がした。虫がよすぎる。その資金を折半にしろと言うのなら、とても家内を納得させるどころか、オレ自身得心がいかない。たみ子さん名義になっている墓所を墓仕舞い、その費用を折半にして遺骨をどちらが引き取るか、の相談なら乗ってもらうし、オレ的にはすでに引き取りたい旨らしきを表明をしていた筈である。

「僕もな、いろいろ考えた。僕ら三者三様の異母姉弟になるけど、古めかしい言い分になるが一応、僕が菊田の長男になっているし、若い時分にほんのひととき、たみ子さんを引き取り今後丁重にお守りをしてあげたい、そう言われたとき、菊田の血、菊田の性根を感じて心底嬉しかった。けれども霊園でよくよく調べると墓地には、たみ子さんの母そして姉、その上祖母も眠っている。あんた、その方々をどうする積もりで居るのかね」

「？　……？」

考えて、いなかった。オレの墓地には義父とその両親、そして戦死した義父の兄、妹だか弟やらなんたらかんたらが枕を並べていると想った。其処に姉とその姉、その母、そして祖母、その上にオレの実母、やかましいのにも程度のある雑多になるが、散骨にしてしまえばどこの誰なのか判らなくなる平等の骨の山、とはいうものの、はてどうしたものやらである。

「まさかとは想うが小平の霊園にて永代供養にしてもらい、墓仕舞いをするなんてそんな惨いことを考えては、いないだろう、な」

「……」

　酷い、だなんて骨にそのような感情がありゃしないし、生きて居る者が取って付けるセンチメンタルなことなのに、どうしたものだろう、何故かしら躰のどこかしらか、心のどこかしらか定まらないところで、うろちょろするのだ。オレも一応なんとなく人間みたいな、それらしい格好をしてのさばっているものだから払拭できないで、まごまごしている、そんな気もする。

「団地の一室でね、誰に看取られることもなくそっと息を引き取ったのよ、な、たみ子さん。で今度は母親や姉とも離ればなれになる。僕は生まれ出《い》でたその日からずっと独りで活きてきてその切なさがこころに浸みついているんだよね。僕の墓所には、かみさんしかいないんだよな。墓参りをして、またくるから良い子にしていな、と帰ろうとすると、おねがい私一人置いてかないで、と後ろ髪引かれることが都度ある。寂しさをよく識っているからね、たみ子さんたちと一緒になると、人の温もりが感じられるのではないかと想ったりする」

現実とは程遠いかの言い種なのに、なんとなく言いくるめられそうな気がするも、ずっと一人で生きてきたというのは、どうしたことなのか。生い立ちなどこの際どうでもよろしいことなのだが、多分母親は再婚、骨はその再婚先の墓にあるのだろう。菊田という男、その生き様が少しずつ見えてきた、そんな気がするが、追及することは止そうと想う。奥さんを亡くして墓を所持したことは、其処からが菊田の第一歩が始まったばかりなのに、第二歩をあゆみ始めようとしていた。オレに横槍を刺さなければならない理由はなかった。が、墓を継続する為の費用の折半は納得できない。愚図つくのは好きではないが、話し合いをしなくてはならない。菊田の墓仕舞いにまでオレが一役買って出なくてはならない理由はなかったからだ。

「詳しいことは解らないが墓地は、相続の対象にならないらしい。けれども墓仕舞いとなるとその費用については、相続人同士で話し合い寺や霊園に支払うべき、らしい。僕は、あんたさえ承諾してくれるなら、たみ子さんの墓を継続したい、後の費用のことなどややこしいことは何も言わない、あんた、どうする」

断固としてつらぬこうとするかの意志が迸る、そんな眼差しで視入られた。一瞬の判断で、好きにしたら、そう想うが言葉にできない。一種の威嚇するのか恫喝《どうかつ》するかのような目の光るきっさがあった。しらずしらずのうちにオレは、小刻みに頷きつづけていたようだ。

「ただひとつお願いがある。僕の方の墓仕舞いやら移転、それと小平の墓の改修工事など早く見積もっても五十日くらいかかるように想われるがすべて完成したら、二人を埋葬するのだがその際、たみ子さんの一周忌そして、かみさんの七回忌の法要をしてあげたいのだが、参加していただきたい、どうかね」

反骨精神の片割れみたいなものがうろうろしていてぶっきらぼうに、いいとも、そう応じたかったのに言えずに。

「解りました」

オレの分身みたいな輩が間抜け面、間抜け声で、そう答えていた。それでいいのか、いいのかな？　の自問自答がオレの中と外でいく度となく繰り返されていた最中なので、なんとも曖昧模糊どっちつかずの応答をする、そんな気がしていた。損得のこともさることながら、オレはプライドとかいうものがふらっこふらっこ、そこいら辺にふらつかせているばかりで何の役も為さないうつけもの、そんな気がする。してみると菊田の後ろにへばりついている腰巾着みたいなものだった、そんな気がする。オレ、たみ子さんの為に何をしてあげただろう。骨壺に、ながぁい箸を不器用に用いて入れてあげたが、やはりそこには菊田の用いる箸がなくてはならなかった。オレってこんなに不甲斐ない男だったのだろうか、だった。

「お疲れさまでした」

ぼんやりとしょぼくれて帰宅するが、家内の声を耳にしただけでとりとめもないくらいの安らぎを感じた。オレの活きる舞台は此処がメェンステェジなのだ。一歩外に出ると其処は戦うところなのだが散々戦いあぐねてきて今は年をとりおたおたしているので、できるだけ穏やかしく闘うべきだった。

「如何がでしたか、出費の決済が出来ましたか、気になり気になり、おちおち眠れない、そのような心境なの」

菊田の作った出費の箇条書きをコピィしたものを差し出す。

「わっ、几帳面な方ですね、このコピィ用紙の金額まで、出ているようです。やはりお部屋の明け渡しに関する費用が格別ですね。それと葬祭費。すべてを合計した額がこれで、それを折半、わたしたちの負担するお金が六十三万二千五百八十五円、ですって？　案外ですね、もっとかかると想っていました」

「うん、自動車は菊田さんが三十万で買い取っているので差が三十万オレの方がその分多くなっている」

「お墓のことが全然記載されていません、お墓はどうなすったのですか。わたしたちでお姉さんの遺骨を引き取るのは、相続に関係ないのですか」

「うん、そしたら墓仕舞いをしなくてはならなくなり、その場合費用が百七十万くらいかかるらしい。折半にしても八十五万要ることになる」

「ではやはり百万の上出費となりますね」

　声に張りをなくす、そんな言葉の音色となる。記された額の倍以上になるのだから相当がっかりしたのだろう。オレも別の意味で落ち込んでいたので、妙ちくりんな形での夫唱婦随になったかの想いがあった。

「お墓には姉さんの母そしてお婆さんも眠っていて、菊田さんに言わせると、離れ離れにするのは遣る瀬ないという。菊田さんの墓には奥さんが一人つくねんとしていて寂しかろうからこれを機に、姉さん名義の墓にともども埋葬してあげればにぎやかしいのではないかという。身勝手、骨同士いくら重なり合ってもそんな感情になる筈などないのに、そういう。もう一つの理由は現在所有する墓は多摩ニュータウンからずっと先の方に有り居住するところからかなり遠方で、歳をとったときのことを考えると、姉さん名義の墓は近く交通の便もいいという」

「すると、お姉さんのお墓一箇所にしたいとおっしゃるのですか」

「……、そ」

「墓仕舞いの費用はかからなくなるのですね」

「そ……」

「不満なのですか、あなた」

「理屈は解るが、なんだか都合のいいように振り回されてしまったようで、糞っ腹が立つ、面白かねぇ」

「あなたらしくもない、乱暴な言い方をしないでくださいな。どうすればよろしいのかしら、ね」

「理屈は解っている」

「わたしもです」

オレ、苦虫をかみつぶしたような顔をしているのが分かった。なのにそれと対比すると家内、随分とすこやかしい表情に見えてくる。ぼんやりと沈思、窓の向こうと見較べたりしていると変だ、家内の表情がオレの心に感染してきそうな気がする。きっと浅葱色した夜空に鏤められた星の輝きとその拡がりのなかの街の明かり、その仕業の所為だ。

「奥さんが亡くなる前にね、スカイツリーが出来上がったら一緒に観に行こうと楽しみにしていたのに叶わなかったらしい。それからやっと落ち着いた日常を取り戻して遺影を胸に観に行こうかと考えていると、コロナ禍になってしまったという。それなら一緒にオレのところにどうぞ、スカイツリーも東京タワーも見えるから、そう言ったことがある」

「そうなのですか、それは名案ですね、そうなさってください」

ずいぶんと、まぁ、晴れがましい声を挙げた。

夏の初め陽射しはぎんぎらに尖っていた。当初の予定では家族ともども埋葬に立ち会い手を合わせることとなっていたが、じわりじわりとコロナ感染者の数が拡大していたので、オレと菊田、僧侶、石工二名とで墓所にて執り行なうことになる。

その日午前九時までに菊田の家に来ていただきたいと呼ばれ、めったに眼に出来ない有り様を目の当たりにする。というのは仏壇の左右に白っぽく厚ぼったい布に覆われた白木の箱が在ったからだ。左のものは多分たみ子さんだろう、かなりの日数を経過していたので線香の煙でだろう、くすんで見えた。

墓所に着いてからこのようなことをするのはせせこましいと想い、石工さんにこころづけをと家内に言われたので、と差し出すと、直接手渡してくれという。このようなことはおよそ施主のするべき仕事なので出しゃばりたくなかったが、菊田流、なのかと想う。

風呂敷包みが仏壇のところにある。位牌とか遺影がなかったのですでに、供え物やらとともに包みの中に入っているのだろう。

「タクシィが後十分くらいで来ることになっている。あんた、ちょいと躰をお清めしていかんんか、な」

である。焼酎ではなくコップの冷や酒。

「お花は持って行かないのですか」

「石材店で用意してくれることになっとる」

「ずっと気になっていたのですがこの原稿用紙の山、なにを書かれているのですか」

「おっ、これか。僕は、大っきな説《せつ》を書けないのでな、小っさな説《せつ》を書いとる」

とか、さりげなさのなかにはにかみの見え隠れする言い方をするが、意味が解せない。

「おっ、タクシィが来たらしい」

コップ酒を一気呑みにすると途端にあわただしく立ち上がると電灯を消し仏間に行

く。

「あんた、これ、たみ子さんを持ってすまんが先に出てくれ」

両手にかかえさせられると姉さん、ずしり、と意外な重量を感じる。人一人の重さが詰まっているのを抱えた胸に感じさせられたのは、端た酒の所為ではなかった。

後部座席に乗り込み膝の上に姉さんを置くと、人一人に座られているかの錯覚をする。姉さん、オレの膝の上で、連れられてこれから石の下に行くのか、そう想うと切なさが込み上げてくる。会って一言二語の会話も交わしたこともない重さとは、虚ろなのにそれでいて、こころにずしりとひびくものなのだろうかの不思議があった。もしかして遠い昔の菊田のように懐かしみなど想い出したらオレ、厚ぼったい布の上に水滴がポトポトと音を発ててしまいそうな気がした。菊田の墓と姉の墓が手をつないだこと、それは正解だったような気がする。それは菊田の為ばかりではなく、こんなへなちょこな意地っ張りのオレの為にもである。

菊田、おたおたしい足取りで奥さんを抱えてくると屈み込むようにして苦しそうな仕種から、それをオレの傍らに置くと、運転手さんすまん、も少し待って、と再度家に戻り、風呂敷包みを大切そうに抱えて乗り込む。風呂敷包みを膝の上に、そして片方の手をそっと奥さんに添えた。

「お願いします、小平の霊園」

歳甲斐もなく一気呑みなどしたからだろうか、車が走り始めても暫くの間、息切れの調整でもしているのだろう、黙りこくっていた。

わざわざ自宅になど呼ばないで、小平の霊園にて待ち合わせをすればよいのに世話なし、車も有るのだからと想っていたが、その意味が分かってきた。白木の箱を自転車の荷台で運ぶ、その難儀が忘れられないでいたのだ。いくらそろりと走っていても何時なにか起こるやら知れたものではない。急ブレェキを踏むとどうなるか想像するだけでも空恐ろしくなったのだろう。それと酒、一仕事終えての美味しい酒、それがないことには生きていることが疑わしくなるくらいに考えたのだろう。

「墓仕舞いをするのは、大変だったでしょう」

「僕の霊園墓所にも永代供養をする場所が有り、其処に墓を持っていると割安で出来るので、そうしてもらう人が結構居るという。けれども僕らのような事情で移転する事例は珍しいと言われた。それでも僕の墓は地上唐櫃《かろうど》だったので僧侶にお経を上げていただき霊園の職員が骨壺を取り出す作業だけなので大事《おおごと》ではなかった、な」

淡々とした口調だった。知人が古い寺墓地の墓仕舞いをするにあたり遺骨一つにつ いて三十万円もかかったようで、大変な目に遭ったとしょぼくれていたのを想い出したからだ。僅かばかりのものを親族で相続したが故のことで、骨折り損のくたびれ儲けになったらしい。墓たるもの、その国の文化を象徴するとまで大層なことを言った方も居るようだが、オレ的に、如何なものか答えは出せない。

　陽射しが強いので二時間の約束でテントを張る許可が出たらしい。改修ぴかぴかの墓で中央に横長の黒い墓石が二つ並ぶ。姉さんの母の姓と菊田家と彫られたものと、菊田家とだけのものが移転設置されたものだろう。墓碑がある。二段程の石段の両脇に大谷石での小さな石灯籠が置かれている。

　オレたちが着いてしばし墓に視入っていると、段取りを終えて一遍石材店に帰っていただろうかの二人の石工がやってきて、菊田と一言二語オレを手招きする。

「おとうと、です」

　そう告げられるから妙な戸惑いがある。オレのこと、あんた、以外に表現されたことなど一度もなかったからだ。こころづけ、なるものを、よろしくおねがいします、と言い手渡すと、当たり前のように受け取り作業ズボンのポケットに入れた。

　唐櫃の蓋が開けられると石工の一人がその中に入る。腰くらいの深さで屈み込むと見えなくなる。なにやらごそごそしている。

　僧侶が来る。剃髪こそしているが若さがみなぎっている。オレの息子くらいの年齢だろうか。菊田と親しげに語らうと、オレの方を目配せして、おとうとです、そう言われるから、丁重に頭を下げた。

僧侶の指示でテントの下に有るささやかしいかの祭壇を玉砂利の敷き詰められた石段の上に備えつける。その上に位牌遺影、果物やら菓子類を供えつけると、石工に、墓碑の前にたたずんでいる桐の箱から骨壺を出すよう命じ、唐櫃の中に立っている石工に渡される。

「それではこれからお二方の埋葬の儀、および一周忌、七回忌の法要を執り行なう」

小さな声で口籠もるかのよう経文を唱えつつ香をたてながら、たみ子さんの名と戒名、菊田の奥さんの名と戒名を告げる。

「一同目視」

するとひときわ声を高らげ、唐櫃の中を視入るようにとの指示と想い、そこを凝と見詰めた。何故かしら、おごそかな気分にさせられる。ふと、生と死の狭間に立っているかのあやふやになる。唐櫃の蓋がぽっかりと開き土の暗さのなかに骨壺の白さが不気味な光を放ち、読経の意味不明な言葉が怪しげなリズムで低くゆらゆらひびきわたる。眼を閉じた。

鈴《りん》が鳴る。夏の陽射しがそこいらじゅうに飛び跳《は》ねているのを感じるさなか、施主の方《かた》からお焼香をどうぞ、の声。

セレモニィは終わり僧侶を見送る。二人の石工の手に依り唐櫃の蓋が乾いたコンクリィトの音を引き摺り閉じられると、近くに点住する赤松の葉がなびきさわさわと音を発てたかに感じた。もしかすると姉さんと菊田の奥さんが、空の遠くへと舞い上がろうとしたその、とき、だったのかもしれない。

「あんた、ね、かみさんを埋葬した日、三月の中ごろだったのだが南大沢では大雪が降ってね、そ、前が見えないくらいのボタ雪、かみさんの泪雨ならぬ泪雪、なんて、ゴロがよかないけど酷い目に遭って、お前さん今帰ったよ、雪で散々な目にあったと家に入り、返事がないのは何時もどおりなので別段違和感はなかったのだが仏壇の前に立ち、腰が抜けるくらいに驚天動地、お前さん悪いいたずらはするな、出ておいでと、その時くらいド肝を潰されたことはなかった。かみさんは静かにして其処に居るべきだった、その固定観念が僕の心にすっかり根づいていたんだ、な。あんなちっさな壺の中にかみさんの、魂、心、生きていた時のすべてが詰め込まれていて、位牌をきつく握りしめ、その存在感の巨きさにうろたえることもできないでいた。なのにこの度《たび》は二人分になりその存在感の巨大さに押し潰されてしまいそうな感じがするな、今から」

菊田、にたにたしているかに見えるがしかし、頬を引き攣らせているだけで眼はうそぶいてはいなかった。

石工たちはテントを畳み、ぼつぼつと道具を運び出す。

「それでは我々の仕事は終わりましたので、失礼します」

「や、御苦労さまでした。僕らもこれから店に行きます、支払いをしなくてはなりませんので」

石工たちを見送ると燦々《さんさん》と照りつける陽射しのなかで、人影は全く見えなくなる墓地というのっぺりとした膨大な敷地の石の下、しゃにむに生きてきた者ばかりではないだろうが人の成れの果ての儚さが、街なかのように音もなく、彩りもないのに、静かすぎる賑わいとなり、さわさわそよそとなびいていた。

「一人で家に帰るのが怖い。骨となりじきに此処にくることとなる年寄りのくせに分からないことを言うと想うだろうが、静寂がやたらと怖いんだ、な」

「いいですよ、まだ時間も早いことですし、一度一緒に帰るとしましょう」


—了—

二〇二三年（令和五年）四月二十九日

著者プロフィール

北原 良（きたはら りょう）

東京都葛飾区本田立石町出身。

ほか、一名

2024年12月15日　初版第1刷発行

著　者　北原 良
発行者　瓜谷 綱延
発行所　株式会社文芸社
〒160-0022　東京都新宿区新宿1－10－1
電話　03-5369-3060（代表）
03-5369-2299（販売）

印　刷　株式会社文芸社
製本所　株式会社MOTOMURA

ISBN978-4-286-25952-9